安徽省圖書館藏桐城派作家稿本鈔本叢刊

劉大櫆　姚範　姚鼐　卷

安徽省圖書館　編

国家出版基金项目
NATIONAL PUBLICATION FOUNDATION

北京师范大学出版集团
BEIJING NORMAL UNIVERSITY PUBLISHING GROUP
安徽大学出版社

圖書在版編目(CIP)數據

安徽省圖書館藏桐城派作家稿本鈔本叢刊. 劉大櫆　姚範　姚鼐卷/安徽省圖書館編. —合肥:安徽大學出版社,2020. 12

ISBN 978-7-5664-2181-4

Ⅰ. ①安… Ⅱ. ①安… Ⅲ. ①中國文學—古典文學—作品綜合集—清代 Ⅳ. ①I214. 91

中國版本圖書館 CIP 數據核字(2020)第 268102 號

安徽省圖書館藏桐城派作家稿本鈔本叢刊·劉大櫆　姚範　姚鼐卷

ANHUISHENG TUSHUGUAN CANG TONGCHENGPAI ZUOJIA GAOBEN CHAOBEN CONGKAN LIUDAKUI YAOFAN YAONAI JUAN

安徽省圖書館　編

出版發行: 北京師範大學出版集團
安 徽 大 學 出 版 社
(安徽省合肥市肥西路 3 號 郵編 230039)
www. bnupg. com. cn
www. ahupress. com. cn

印　　刷: 安徽新華印刷股份有限公司
經　　銷: 全國新華書店
開　　本: 184mm×260mm
印　　張: 23. 5
字　　數: 81 千字
版　　次: 2020 年 12 月第 1 版
印　　次: 2020 年 12 月第 1 次印刷
定　　價: 380. 00 圓
ISBN 978-7-5664-2181-4

總　策　劃:陳　來　齊宏亮　李　君
執行策劃編輯:鍾　蕾　汪　君
責 任 編 輯:鍾　蕾　汪　君
責 任 校 對:李　健
裝幀設計:李　軍　孟獻輝
美術編輯:李　軍
責任印製:陳　如　孟獻輝

《安徽省圖書館藏桐城派作家稿本鈔本叢刊》

編纂委員會

序言

關愛和

桐城歷史悠久，人傑地靈。立功有張英、張廷玉父子，位極人臣；立言則有方苞、劉大櫆、姚鼐，號令文壇。桐城之名，遂大享於天下。

方苞於一六九一年入京師，以文謁理學名臣李光地，與人論行身祈向，有『學行繼程朱之後，文章介韓歐之間』之語；一七〇六年成進士；一七一一年因《南山集》案入獄，後以能古文而獲救，入值南書房，官至禮部侍郎；一七三三年編《古文約選》，爲選於成均的八旗弟子作爲學文範本；後兩年，又編《四書文選》，詔令頒布天下，以爲舉業準的。方苞論古文寫作，有『義法説』。義者言有物，法者言有序。其爲文之理，旁通於制藝之文，因此影響廣大。姚鼐於一七六三年成進士，一七七三年入《四庫全書》館，兩年後因館中大老，皆以考博爲事，憤而離開，在南京等地教授古文四十餘年，其弟子劉開稱姚鼐『存一綫於紛紜之中』。姚鼐到揚州梅花書院的第二年，作《劉海峰先生八十壽序》，編織了劉大櫆學之於方苞，姚鼐學之於劉大櫆的古文師承關係，引友人『天下文章，其出於桐城』的贊語，使得『桐城派』呼之欲出。一七七九年，姚鼐編《古文辭類纂》，以『神理氣味格律聲色』論文。編選古文選本，唐宋八家後，明僅録歸有光，清録方苞、劉大櫆，爲桐城派張目。姚鼐之後，遂有桐城派之名。

桐城派自姚鼐後規模漸成，名聲噪起。桐城派作爲一個散文流派，綿延二百餘年。其自身的發展大致經歷了初創、承守、中興、復歸四個時期。康、雍、乾年間，是桐城派的初創期。桐城派三祖——方苞以義法説，劉大櫆以神氣説，姚鼐以陽剛陰柔、神理氣味格律聲色説，奠定了桐城派散文理論的基礎；方、劉、姚又以其言簡有序、清淡樸素的散文創作名噪文壇，贏得『天下文章，其在桐城乎』的贊譽。嘉、道年間，是桐城派的承守期。姚鼐晚年，講學於江南各地，門生弟子廣布海内，桐城之學，掩映一時文壇。其中著名者如梅曾亮、管同、劉開、方東樹、姚瑩等人，承繼師説，標榜聲氣，守望門户，各擅其勝。咸、同年間，是桐城派的中興期。曾國藩私淑姚鼐，雅好古文，於戎馬倥傯之中，尋求經濟、義理、考據、辭章的重新組合，試圖以博深雄奇、氣象光明之方藥救桐城派文規模狹小、文氣拘謹之病，并以『早具行遠之堅車』矚望於門生弟子，别創湘鄉派。光、宣年間，是桐城派的復歸期。曾氏四弟子中，惟吴汝綸爲桐城人。吴氏於甲午之後，重提方、姚傳統，抑閎肆而張醇厚，黜雄奇而求雅潔，倡導恢復以氣清、體潔、語雅爲特色的桐城派文，并得到了馬其昶、姚永樸、姚永概等桐城籍作家的積極響應，桐城之學，再顯一時之盛。

安徽省圖書館一九一三年始建於安慶，與桐城派在同一地發祥并成長。安徽省圖書館在一百多年的發展歷史中，以珍貴古籍文獻收藏豐富，特别是本省古籍文獻收藏豐富而爲學術界所矚目。此次安徽省圖書館將館藏桐城派作家稿本、鈔本，以叢刊方式，編輯出版，一定會大有惠澤於學林。我們期望海内外桐城派研究者能早日共享出版成果。

前言

隨著對優秀傳統文化價值的重新認識，近年來，對在我國有極大影響的桐城派的研究也不斷升温。桐城派作家文集的整理出版，爲研究者提供了方便，推動著相關研究的展開。如由嚴雲綬、施立業、江小角主編，被列入國家清史纂修工程的《桐城派名家文集》，收入姚範等十七位作家的詩文集和戴名世等十一位作家的文章選集，總計十五册，一千多萬字。此書的出版有助於改變以往桐城派研究資料零散不足的狀況，也爲學術界開展清代文學史、文化史、思想史、教育史、政治史、社會史等研究工作提供了寶貴資料。

在充分肯定新世紀以來桐城派作家文集整理出版與研究取得豐碩成果的同時，我們不難發現，當前桐城派作家文集整理與研究的工作，與學界的要求和期盼還不相適應，仍然有拓展與提升的空間。桐城派是一個擁有一千多人的精英創作集團，即使如方苞、劉大櫆、姚鼐這樣的大家，仍有不少基礎文獻資料尚待發掘，一些有影響、有建樹的作家，更是鮮爲人知。可以説，基礎文獻整理出版工作的滯後，會影響和制約桐城派研究的進一步發展。

爲了滿足學界對於桐城派資料建設的需要，在人力、物力有限，又想最大限度地保留原書的真實面貌的情況下，我們推出了《安徽省圖書館藏桐城派作家稿本鈔本叢刊》（以下簡稱《叢刊》）。

安徽省圖書館一直十分重視桐城派作家稿本、鈔本的收集，積累了大量的原始文獻。《叢刊》所收集的對象，有方苞、劉大櫆、姚範、姚鼐、光聰諧、姚瑩、戴鈞衡、方守彝、方宗誠、吴汝綸、姚濬昌、馬其昶、姚永楷、姚永樸、姚永概等。桐城派的重要作家幾乎都包括在内。《叢刊》并非泛濫收録，良莠不辨，而是頗爲看重文獻本身的價值，可以説『價值』和『稀見』是本《叢刊》收録文獻的兩大原則。

安徽省圖書館此次將珍貴的稿本、鈔本資料公之於衆，順應了習近平總書記讓『書寫在古籍裡的文字都活起來』的號召，滿足了讀者的閲讀需求。《叢刊》的出版，既有利於古籍的保護，也有利於古籍的傳播，希望對推動桐城派研究有所裨益。

編　者

二〇二〇年三月

凡例

一、《叢刊》采取『以人系書』的原則，每位桐城派作家的作品一般單獨成卷，因入選作品數量太少不足成卷者，則以數人合并成卷。共收稿本、鈔本三十六種，分爲九卷二十五册。

二、《叢刊》遵循稀見原則，一般僅收録此前未經整理出版的稿本和鈔本。

三、《叢刊》大體按照作家生年先後爲序，卷内各書則依成稿時間爲序，或因作品性質而略有調整。

四、各卷卷首有作家簡介，每種作品前有該書簡介。

五、《叢刊》均照底本影印，遇有圖像殘缺、模糊、扭曲等情形亦不作任何修飾。

六、底本中空白葉不拍；超版心葉先縮印，再截半後放大分别影印放置；某些底本内夾有飛簽，則先拍攝夾葉原貌，然後將飛簽掀起拍攝被遮蓋處。

目録

劉大櫆

海峰八家圈點評

劉大櫆

簡介

劉大櫆(一六九八—一七七九),字耕南,號海峰,安徽桐城人。雍正七年(一七二九)、雍正十年(一七三二),兩舉副榜貢生。乾隆元年(一七三六),由方苞薦而應博學鴻詞科,爲張廷玉所黜。乾隆十五年(一七五〇),由張廷玉特舉而應經學試,又報罷。六十歲後出任黟縣教諭,數年後告歸。劉大櫆上承方苞,下啓姚鼐,論文注重神氣、音節、字句,爲『桐城派三祖』之一。

海峰八家圈點評

一卷

海峰八家圈點評

《海峰八家圈點評》一卷，清鈔本。一册，毛裝。半葉九行，行二十一字，白口，四周雙邊。版框高十七點二厘米，寬十二點四厘米。

是書抄録劉大櫆爲唐宋八家古文所作圈點起訖及評語。劉大櫆曾編選《唐宋八家文選》，又名《唐宋八家古文約選》，未刊。後又從《唐宋八家文選》中選百篇爲《精選八家文鈔》，該書現存版本主要有兩種：一爲道光三十年（一八五〇）桐城徐豐玉刻本，一爲光緒二年（一八七六）劉繼重刻本。本書所録較刻本篇數爲多。

海峯八家圈點評

論佛骨表

此時至佛也　點　此時至然也　點

事佛至知矣　圈　夫佛至之情　點

假如至宮禁　圈

佛骨表是學尚書無逸篇

潮州刺史謝上表

既免至爲謝　點　具言至上陳　點

過海至言者　點　臣於至郊廟　點

紀泰至多讓　圈　文致至十年　圈

旋乾至理極　圈　當此至死迫　點

曾不至飛去　圈

通篇硬語相接雄邁無敵是昌黎能事

上兵部李侍郎書

夫牛至遇也　點　既有至時矣　圈

盤硬雄邁

鄧州北寄上襄陽于相公書

夫澗至宜也　點　昔者至故也　點

與鄂州柳中丞書

淮右 環寇 不聞 但曰 閣下 一旦 雖古

此由 豈常 愈誠 皆圈上一字 此由至也哉

又加點

奔濤蒼古似西漢

與馮宿論文書

但不至人也圈 僕為至好矣點

不知至知耳圈 子雲至歎也點

以此至疑耳 點

莊子云高言不止于衆人之心至言不出俗言勝也世
俗之人俗言填滿胷中豈知至言之味

答殷侍御書

一来至於人　圈

硬語相接老樸之中自饒古致不似後人語録口角

答陳商書

齊王至齊也　圈　得無至比歟　圈

古雅

答李秀才書

有過譽之詞而文甚雄邁

與孟尚書書

夫楊至何補 點 然賴至而已 圈

其大至如也 點 然向至此也 圈

漢氏至甚矣 點 釋老至邪也 圈

不助釋氏而排之以下屈盤瘦硬千迴百折有真氣行乎其間具江河沛然之勢洵為韓書第一

應科目時與人書

天池至物焉 圈 其得 其不 然其 如有 皆

圈上一字　然是至志也圈　是以其死今又皆圈上一字　命也命也　亦命也　皆連圈

轉折屈曲自生奇致

與崔羣書

所以至者也删　僕愚至過也删

自古至者耶圈

公與崔羣最相知故有此家常本色之言中間感賢士之不遇尤爲鬱勃淋漓　所以如此云云者兩行及僕愚陋無所知曉五行皆話外之話最可憎厭宜删

思元至實焉 圈 甚矣至實也 圈

從亡友生出情韻簡淡而蕩逸

答竇秀才書

雖使至右哉 點 錢財至而已 圈

雄硬直達之中自有起伏抑揚之妙

答呂毉山人書

夫信至之列 圈 不如至者也 圈

非謂至陵比 圈 方將至無躁 圈

韓公之氣岸如此鹿門以為奇氣約畧近之

答尉遲生書

夫所至成文　圖

簡古

答楊子書

夫以至容也　點　是所至感也　點

而今至可也　點

短文亦自蕭散

送鄭尚書序

大府至後行　點　其南至乃止　點

東南至勝用　點　故選至有事　圈

措語形容一一奇崛乃韓公本色

送幽州李端公序

司徒至道左　點　國家至時乎　圈

諷司徒以来覲奉職而運詞簡古濃麗

送殷員外序

唐受至天子　圈　元和至嗣位　圈

由是至侯脩　圈　殷大至夫哉　點

莊嚴簡重另備一種文與楊少尹等序正相反

送楊少尹序

世常至異也　圈　予忝至事否　點

古今至知也　圈　中世至人歟　點

馳驟跌蕩詠歎生動飛揚曲盡行文之妙

送湖南李正字序

愈於至子間　點　於時至力也　圈

惟愈至媿也　圈

故舊之情感歎蒼老

送竇從事序

區甌 至 州焉 圈

起得雄直惟退之有此

送溫處士赴河陽軍序

伯樂 至 遂空 圈 東都 至 北也 圈

東都 至 其尤 點 自居 至 可也 圈

溫生去而職官鄉官後生過客皆失所恃是造出奇崛

處

送孟東野序

大凡 至 則鳴 圈 其躍 至 炙之 點

人之至亦然　圈　凡出至者乎　點
擇其至之鳴　圈　維天至之鳴　圈
四時至者乎　點　其於至亦然　圈
尤擇至之鳴　圈　傳曰至矣乎　圈
其聲至無章　點　將天至者也　圈
三子至以悲　圈　故吾至解之　豎
鳴字善鳴字皆另圈
雄奇創闢橫絕古今　文以天字為主而用鳴字善鳴
縱橫組織其間奇絕變化

送董邵南序

燕趙至之士　圈　董生至合也　點

董生至乎哉　圈　夫以至者哉　點

然吾至乎哉　圈　為我至仕矣　圈

微情妙旨寄之筆墨之外昌黎平生作文不欲託史遷籬下獨此篇為近　昌黎之文當以序為第一昔人多稱其書書則前有蘓秦代厲信陵黄歇樂毅魯連鄒陽馬遷楊惲諸人惟序前無古人而歐曾皆出其下

送王秀才序

吾少至遇也 圈

含蓄深婉頗近子長 退之文以雄奇勝人獨董邵南

及此篇深微屈曲讀之覺高情遠韻可望而不可即

送王塤秀才序

孔子至益分 圈 自孔至其宗 圈

夫沿至也哉 點

韓公序文掃除枝葉而體簡辭足

送區冊序

陽山至而至 點 自南至賊也 點

昌黎陽山後文字尤爲高古簡老

送李愿歸盤谷序

或曰至或曰愿之言曰皆連點

大丈至致也圈　大丈至行之圈

其於至如也圈

兼用偶儷之體而非偶儷之文可比則哲匠之妙用也

極力形容得志之小人與不得志之小人兩邊夾寫

而隱居之高乃見行文渾渾藏蓄不露東坡欲效作一

篇而不能且放教退之獨步其傾倒於此文者至矣

送廖道士序

五岳　南方　最遠　皆圈上一字

最遠　至　必靈　又加點

衡之　其最　郴之　中州　氣之　皆圈上一字

中州　至　鬱積　又加點　衡山　至　出邪　圈

此文如黑雲漫空疾風迅雷甚雨驟至電光閃閃頃刻淨掃陰霾皎然日出文境奇絕

送高閑上人序

苟可　至　於心　圈　喜怒　至　於書　圈

今閑至旭也　圈　然吾至知矣　圈
奇崛之文倚天拔地　薛敬軒云莊子好文法學古文者多觀之韓公送高閑上人學其法而不用其一詞學之善者也

上巳日燕太學聽彈琴詩序

與衆至尤也　圈　罇俎至得也　圈
韓公文往往從頭直下其氣甚雄此篇運詞典雅雍容其風肆好而雄直之氣自在足徵才力之大　句脚多用平聲尤奇

荆潭倡和詩序

夫和至好也　圈　是故至以爲　點

立言甚簡而雄直之氣鬱勃行間

韋侍講盛山十二詩序

夫儒至間哉　圈　其意至腮也　點

直叙之中造出奇崛　如儒者之於患難一段從天而

降驚駭凡庸

新修滕王閣記

繫官至之遂　點　又不至閣者　點

則滕至焉矣　點　愈既至耀焉　點

其江至賦之　圈

河南府同官記

故好至初也　點

直樸順叙以其前後官職已自燦然也而鹿門以為烟

波感慨曲折此評六字皆非是

鄆州谿堂詩記

惡絶至於色　點　惟鄆至治之　點

以武至致之　點　夫叛至之情　點

孰餓至磔之　點　公作至不屈　點

銘有至是麻　圈

韓公之文過爲老樸處近於武斷不及左馬之古雅有

韻此唐人氣習與杜詩同病其詩則直追雅頌

毛穎傳

嘗曰至果然　點　得天至之兆　點

筮者至任事　圈　又善至其人　點

雖見至時往　圈　累拜至書君　點

上親至心者　圈　因不至管城　點

賞不至恩哉 圈

原道

凡吾至言也 圈 古之 圈上一字

奈之至盜也 點 古之 圈上一字

嗚呼至食也 點 是故 圈上一字

嗚呼至子也 點 帝之 圈上一字

是亦至易也 點 傳曰 圈上一字

子焉至其事 點 孔子 圈上一字

幾何至夷也 點 堯以至說長 圈

不塞至可也　點

老蘇稱公文如長江大河渾浩流轉魚黿蛟龍萬怪惶

惑惟此文足以當之

禘祫議

夫祫至主也　點　今雖至合矣　圈

謹按至一壎　點　其毀至饗焉　圈

自魏至九廟　點　以周至祫乎　圈

二祖至年矣　點　令一至國也　圈

景皇至孫也　點　今欲至典矣　圈

夫禮至非之點　以爲至以祭圈

今之至正同點　又雖至不通圈

祖以至順乎圈

筆力堅挺如鑄鐵成彔爲議禮之法式

諱辯

父名至人乎點　周之至者乎點

尼事至者耶

結處反覆辯難曲盤瘦硬已開半山門戶但韓公力大氣較渾融半山便稍露筋節第覺其削薄

進學解

業精至于隨　點　先生至之編　點

記事至其元　圈　貪多至幽眇　點

尋墜至既倒　圈　先生至滿家　點

上窺至異曲　圈　先生至成矣　點

夫大至方也　點　動而至之宜　圈

是所至苓也　圈

獲麟解

雖婦至祥也　點　角者至可知　點

不可至亦宜　圈　麟之至祥也　點

若麟至亦宜　圈

尺水興波與江河比大惟韓公能之

師說

生乎吾前　生乎吾後　愛其子擇師而教之　巫醫

樂師百工之人不耻相師　聖人無常師　皆連圈

教子百工聖人陡起三峯插天

雜說

異哉至之矣　圈　世有至里馬　圈

千里至稱也　點　策之至馬也　點

龍馬之説實屬變幻中二篇亦平今删去

子產不毀鄉校頌

在周至可觀　點　於虖至古人　圈

張中丞傳後序

遠識至降乎　點　當其至明矣　圈

入之至理矣　圈　當二至不達　圈

守一至攻也　圈　賀蘭至雲坐　點

霽雲至志也　圈　又降至不死　點

巡起至仰視　圈

通篇議論盤屈排奡敘事鋒芒透露皆韓公本色而鹿

門以為太史公誤矣

送窮文

牛繫至上檣　點　屏息至可明　點

門神至汝嫌　點　子之至除二　圈

各有至名字　點　捩手至觸諱　圈

凡所至智窮　點　矯矯至喜方　圈

蓋為至杳微　點　高挹至之機　圈

又其至文窮　點　不專至奇奇　圈

不可至心妍　點　利居至人先　圈

又其至交窮　點　磨肌至心肝　圈

企足至譬寃　點　饑我至能問　點

朝悔至復還　圈　人生至不磨　點

惟乖至天通　圈　主人至上座　點

對禹問

堯舜至也深　點　傳之至且亂　點

天之至守法　圈

議論高奇而筆力勁健屈曲足以達其所見

海神廟碑

海於　而南天寶　常以　而刺　皆圈上一字

故明至顧亭點　盲風至其害圈

元和圈上一字　風雨至不興圈

載暘載陰連圈　天地至明概圈

五鼓至正中點　牲肥至醉飽點

海之至飲食圈　祥飇至星露圈

風災至胥熟點　公又至歌詠點

始公　圈上一字

昌黎文集大成此又以所得於相如子雲者為文故敘祠祀而子虛上林甘泉羽獵之體奔赴腕下富麗雄奇極才人之能事當屬碑文第一　碑文惟昌黎獨擅誌墓之文則退之永叔介甫三人能之餘五家敘事皆非所長

平淮西碑

天以至其德　圈　睿聖至臣朝　圈

九年　皇帝曰　曰光顏　曰重允　曰宏　曰文通

曰道古　曰愬　曰度　曰度　曰宏　曰守謙

曰度　曰御史皆連圈　顏允　圈第一字　冊功

連圈

士飽至於槽點　帝有至活之點

既定至治之點

淮西碑從舜典來效李義山詩云點竄堯典舜典字塗

改清廟生民詩二語極當

袁氏先廟碑

申儒過黃　連圈　唱業於前　懷德於身　連世有

人皆連點　袁氏至于公　點　無細至于朝　點

由卑至官稱點　以贊辯章　連點

畧苞至廟祀點　由書至肆肆　點

以平至以祇點

昌黎習為瑰怪雄奇之語以追盤誥鹿門譏之非也

詩亦極追雅頌

柳州羅池廟碑

於是至慈孝圈　荔子至侯堂　點

侯之至我悲　圈　鸞之至齒齒　點

侯朝至與飛　圈　福我至結蟠　點

按子厚家河東本北方人也此祝其神之安于南方猶招魂言北方不可以止也為侯是非即子厚書所云羣言沸騰詆訶萬端者也

唐故相權國公墓碑

有大臣之言　連圈　知變至為詩　點

來弔至其人　點　孝敬祥順　連點

朝士至相慶　點　章奏至為助　點

薦士至綴意　圈　天下至長德　點

其所至聲章　點　因善至主己　圈

東方至露布　點　考定至長用　點

勤于至寧便　點　天子至贈錫　點

官居至死矣　圈　公由至嫉者　點

親戚至言者　點　前後至不覲　點

然其至術餘　點　詆訶至之扶　點

爵位至而逝　點　行世至師之　圈

流連至莫疵　點　人所至不窺　圈

昌黎叙事枝枝節節造為奇語鹿門譏其句字生蹇不

足以服公之心

唐故朝散大夫商州刺史除名徙封州董府君墓誌銘

沈厚精敏 連點 未嘗至之過 圈

賓接至人士 點 又侍側至情者 圈

父子至知己 圈 諸子至望之 點

晨昏至賴云 點 年考至之功 點

標望 其子至其子 點 詣門至挾為 點

日伏至已見 點 與一府政 張籍稱之 皆連點

由我至使然　圈

韓公琢句鍊字務在獨造出奇以驚人為能自董溪房啟獨孤郁至石洪數篇約畧相似杜詩亦然所謂語不驚人死不休者也

唐故監察御史衛府君墓誌銘、

君獨至自便　點　與其至南出　點

曰方至政成　點　君雖至竟死　點

集賢院校理石君墓誌銘

則不至四海　圈　上言至史筆　點

皆舉以讓 連點 交牒至從事 點

閒以至廬下 點 考功至事考 點

君獨至弟一 圈 生之至於斯 點

尚書庫部郎中鄭君墓誌銘

君天至之行 點 俸禄至者邪 圈

韓公文法勁挺獨造獨此篇敘次適逸風神畧近太史公

司法參軍李君墓誌銘

其世曰 其德行曰 其葬曰 皆連點

殿中少監馬君墓誌銘

其季至君也　點　當是至兒也　圈

哭北至哭之　圈　至今至何也　圈

少監無一事可紀乃以三世交遊作兩番摹寫古色古聲造出奇偉於此見公之才力六一屢倣效之而未能也

殿中侍御史李君墓誌銘

君最至父母　點　最深至得失　圈

故四至東出　點　將疾至之矣　點

只莫命瑣事而鋪陳古拙暢滿後敘其仁愛昆弟四門之寡雜又極暢滿

柳子厚墓誌銘

嗚呼至愧矣　點　子厚至之者　圈

柳州之政只載一事而於其交友文章反覆感歎淋漓生色

施先生墓銘

先生至貨財　圈　或留至太學　點

聞先至得歸　圈　縣曰至墓耶　點

於說經一事開拓鋪叙文法極古

南陽樊紹述墓誌銘

然而至難也　點　其富至合也　圈

生而至意滿　點　惟古至其躅　點

樊紹述非真能文者公特以其交好又與己務去陳言之意相合因以著詞必己出之旨耳

清河郡公房公墓碣銘

處艱至進退　點　公胚至以能　圈

入吏至以事　點　擢摘良姦　連圈

部無遺事 連點 公一至佐胄 點

在省籍籍 連點 林巒至漁刼 圈

稅節至為義 點

獨孤申叔哀辭

衆萬至天邪 圈 明昭至開邪 點

歐陽生哀辭

觀其至死矣 圈 父母至樂也 點

詹雖至慽也 點

祭田横墓文

事有至何心　圈　抑所至有常　圈

苟余至何傷　圈

祭鱷魚文

昔先至天下　圈　及後　圈上一字

今天至唐位　圈　刺史至子命　圈

且承至爲吏　圈　夫徼至可殺　點

祭柳子厚文

人之至追惟　點　凡物至厥辭　圈

不善至袖間　點　子之至刺天　點

祭河南張貟外文

有不至泥滓 點 乘氣至吾曹 點

側肩至如刀 圈 以尹鼯猱 連圈

山林至君咷 圈 守隸至箭激 圈

二妃至叫音 圈 枕臂至騣去 點

泊沙至蝟毛 圈 雲壁至攸擢 圈

鈎登至是遭 圈 解手至復宣 圈

明條至尸歆 點 匍拜至不堪 圈

爰及至與通 圈

昌黎善為奇險光怪之語以驚人為能而與張員外同
出貶竄其所經過山川險阻患難適足供出役遣故能
雄肆如此。祭文昌黎獨擅介甫亦得其似若歐公則
不免乎常矣昌黎祭文以張員外為第一李使君次之

祭十二郎文、

零丁至離也　點　承先至而已　圈
汝時至悲也　點　嗚呼至就也　點
吾不至全乎　點　嗚呼至知矣　圈
死而至期矣　點　少而至立邪　點

嗚呼至斷然乎　點　其然至然乎　點
嗚呼至有極　圈　自今至而已　點
汝其至也耶　點

與李翰林建書

僕聞至瘡痏　點　時到至舒暢哉　圈

假令至審矣　圈

前寫永州風物之惡後感人生歲月之促造語極

寄許京兆孟容書

加以至其事　點　自以至如縷　點

每常至便已　圈　先墓至年矣　點

每過至養者　圈　城西至爲者　點

自古至百數　點　然賴至史籍　點

柳　一

今已至得也 點 此誠至勝也 點
此皆至是也 點 假令至用矣 點
子厚寄許蕭李三書未嘗不自任安書来但史公刑不當罪故悲憤而其氣豪壯子厚自反不縮故氣象衰颯然撰造苦語絶工足以動人於閔鹿門比之胡笳塞曲褒貶甚當

與蕭翰林俛書

飾智至其端 圈 人生至身矣 圈
居蠻至笑哉 點 倘因至人矣 點

前寫求進者造作誘言後感蠻夷中氣候語音與中國
殊異極工

陪永州崔使君遊讌南池序

零陵至者已　點　連山至無外　圈

橫碧至徑度　刪　熙然至負矣　圈

方將至客邪　點

序文惟昌黎橫絕古今以雄奇勝歐公次之以情韻勝
曾次之以醇雅勝自餘五家皆非所長子厚此篇有聲
有色頗得雄直之勢當為柳序弟一　橫碧落二語偶

宜刪

嶺南節度使饗軍堂記

唐制至步武點　公于至林壑點

或益至視具點　幢牙至鐸鐃點

卉裳至遠邇圈　華元至不廢刪

唐人文體尚實此篇首叙使治所關重大次叙饗堂規制宜宏次叙扶風威德次叙舊制卑陋次叙新堂宏敞次叙饗軍禮樂皆鋪陳硬語典核莊嚴采色絢爛可云雄奇然使入退之手其造語當更驚人　華元霍去病

二偶沿魏晉之陋習

興州江運記

賓僚至萬祀　點　崖谷至哀也　點

由是至待穀　點　老窮至履危　圈

首叙興州陸道之險隘運夫之困苦次叙新開之功力江運之便利硬語相接極為雄勁末頌嚴公之德政出以韻語尤為奇偉　西門白圭二偶六朝之陋語亦子厚之陋習也　饗軍堂江運二記柳文之極雄奇者

永州新堂記

其始至纖墟　點　始命至迭出　點

清濁至突怒　圈　凡其至隐顯　點

邇延至天碧　圈　咸會至之内　點

柳州文極工之中時有俗韻如因上得勝八句鹿門指

摘極是

零陵三亭記

夫氣至事成　點　逋逃至儆焉　點

然而至若也　圈　乃發至爲池　點

爰有至而富　圈　伐木至館舍　點

遊黃溪記

北之至最善　圈　兩山至平布　點

其畧至無聲　點　有魚至石下　圈

石皆至飲食之　點　有鳥至嚮立　圈

樹益至鏘然　點　山舒至土田　點

山水之佳勝必奇峭必幽冷子厚得之以為文亦極幽冷奇峭之致其西山八記及遊黃溪柳州山水近治十篇琢句鍊字無不精工古無此調子厚創為之遂獨擅千古前人謂自山海經水經注來此二書亦記山水耳

其文之工妙安得如子厚

鈷鉧潭記

其始至乃止 點 流沫至徐行 圈

其清至懸焉 點 則崇至其檻 點

行其至也歟 圈

結處極幽冷之趣而情甚悽楚

鈷鉧潭西小邱記

其石至有之 點 嘉木至石顯 圈

由其至心謀 點 噫以至遭也 圈

前寫小邱之勝後寫棄擲之感轉折獨見幽冷

水平至小邱西小石潭記　　點

隔篁至珮環　圈　水尤至披拂　點

潭中至相樂　圈　斗折至其源　點

坐潭至而去　圈

摹寫魚之遊行澄水中如化工肖物

袁家渴記

由冉至處也　點　其中至沸白　點

舟行至無際　圈　有小至水石　點

海風至推移　圈

石渠記

民橋其上　連點　有泉至乍細　圈

渠之至紆餘　點　睨若至于渴　圈

其側至休焉　點　風搖至始遠　圈

石澗記

民又橋焉　連圈　其水至閫奧　點

水平至操琴　圈　揭跣至居之　點

交絡至履邪　圈　由渴至石渠　點

其上至窮也　圈

小石城山記

土斷至堡塢　點　有若至乃已　圈

環之至設也　點　噫吾至信之　圈

永州萬石亭記

伐竹至交峙　點　環行至搏噬　圈

於是至力也　點　入其上至無窮之　點

漢之至萬年　點

刻鏤萬石形狀甚工

封建論

天地至封建　刪　封建至意也　點

彼其二字改勢也人之四字至奉之　點

輪運至扞城　刪　余以至咎歟　點

遂判至此矣　刪　據天至上游　刪

竭其貨賄　刪　時則至叛吏　圈

人怨至並起　刪　困平至流矢　刪

時則至叛郡　圈　繼漢至知也　刪

時則至叛州　圈　適其至其理　刪

失在至於政　圈　是矣是矣　皆删

失在至於制　圈　天子至侯王　圈

何以至可也　删　縱令至導之　删

全國至乎矣　删　也封至猶建　删

也因循不革五字改封爵猶建四字

夫不至秦始　圈　理安至者也　删

則生至知也　删　豈聖至是乎　删

精悍雄傑柳文之最佳者然其運詞間沿六代餘習姑

爲删乙數語以示學徒

桐葉封弟辨

王之至聖乎文點　設有至戲乎圈

若戲至過也點　或曰至成之圈

韓非善于辯難子厚筆力可與頡頏

伊尹五就桀贊

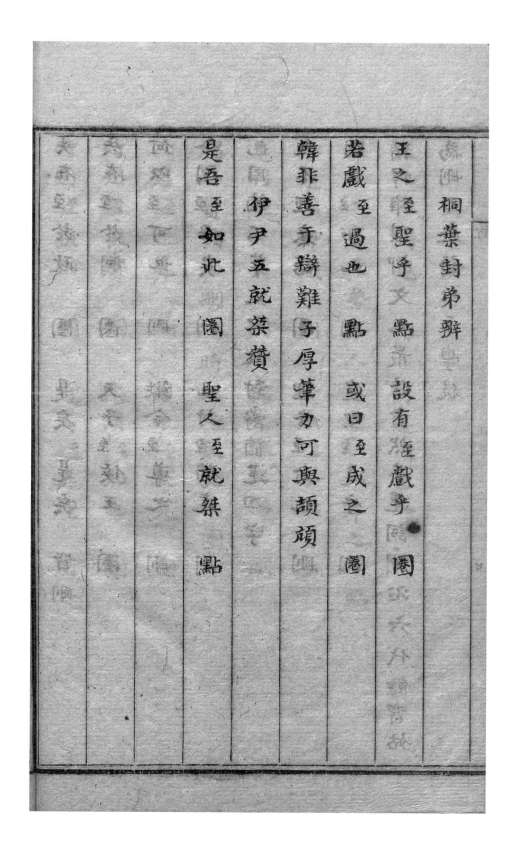

是吾至如此圈　聖人至就桀點

唐書藝文志論

夫王至多也　圈　六經至忘也　圈

然凋至惜哉　點

五代史一行傳論

嗚呼至而已　圈　當此吾以而怪　豈果　雖

曰　然自　吾意　吾又　求之　皆句第一字

吾得至薦明　點　吾得至石昂　點

吾得至福贇　點　吾得至自倫

五代史宦者傳論

蓋其至持之 圈 雖有至患也 點

患已至爲質 圈 雖有至可成 點

至其至後已 圈 夫爲至去也 點

五代史伶官傳論

原莊至之矣 刪 方其至衰也 圈

豈得至理也 一點 故方至也哉 圈

跌蕩適逸風神絕似史遷

蘇氏文集序

斯文至之也 圈 凡人至惜也 點

而子至悲夫　圈

沈着痛快足爲子美舒其憤懣　歐公詩文集序當以

秘演江鄰幾爲第一而惟儼蘇子美次之

江鄰幾文集序

而方至歎也　點　嗚呼至遠也　圈

故余至此也　點

情韻之美歐公獨擅千古而此篇尤勝

釋惟儼文集序

然嘗至然邪　點　然惟至也已　圈

嗟夫至志矣　圈

兩釋俱以曼卿相經緯此篇雖不及秘演之烟波可愛而忽起忽落自有奇氣

送徐無黨南歸序

草木至存也　點

予竊至如此　圈

今之至悲也　點

結處抱轉草木鳥獸衆人三項滴水不漏然波瀾出之自然不見照應之跡故佳　歐公贈送序當以楊寘田畫爲第一徐無黨次之

送楊寘序

夫琴至以和　點　如崩至者焉　圈

以多至久乎　點　且邀至為別　點

考工記之言鐘虡莊子之言風淳于髡之言飲酒老蘇之言風水相遭皆能備極形容歐公此篇當與並美

送田畫秀才甯親萬州序

五代至及建　而蜀　及太　當此　於時　田氏

及天　故文　皆圈上一字　彼此至然也　圈

夷陵至愛也　點　當王至賦矣　圈

歐公序文惟此篇有蒼古雄邁之氣不易得也

仁宗御飛白記

而雲至白也 圈 仁宗至書之 點

夫玉至在也 圈

沐仁宗之德感仁宗之恩見其書自肅然起敬而欽其為寶不用意而渾雄沖澹鹿門此評甚當

峴山亭記

其人至是已 刪 重而下添羊枯叔子杜預元凱

然獨至著也 圈 是知至遠歟 圈

歐公長於感歎況在古之名賢與遙集之思宜其文之

風流絕世也

李秀才東園亭記

周尋至能去　點　噫予至變也　圈

計亭至泐乎　點

真州東園記

園之至清風　點　此前至墟也　圈

嘉樹時至營經　點　此前至音也　圈

然而至是哉　點

柳州記山水從實處寫景歐公記園亭從虛處生情柳州山水以幽冷奇峭勝歐公園亭以敷腴都雅勝此篇鋪敘今日為園之美而一一倒追未有園之荒蕪更有情韻姿態

菱溪石記

想其至旁者　點　夫物至也哉　點

豐樂亭記

滁於至地也　圈　昔太至平滁　點

修嘗至久矣　圈　自唐至消磨　點

百年至盡矣　圈　而孰至深也　點

滁昔日用武而今則承平已久於此生出感歎情文並美是歐公所長且與豐樂之名相應

醉翁亭記

山行至亭也　點　若夫至樂也　點

然而至樂也　圈

以賦體爲文其用若夫已而等字是用六朝小賦局段粗心人却被他瞞過韓公南海碑從上林羽獵來故其語雄奇歐公醉翁亭從雪月恨别來故其詞妍雅

畫舫齋記

齋廣至愛者 點 當其至是哉 點

追其思至者邪 點 苟非至樂哉 圈

太常博士尹君墓誌銘

是時至疾卒 圈 嗚呼至知歟 圈

有韞至如斯 圈

中間天子用韓范富三公變而罷去從史記氣脉得来

徂徠石先生墓誌銘

徂徠至志也 圈 雖在至軻矣 點

先生至此矣　點　其為至其志　點

祖徠至彌長　點

反覆推衍祖徠之獨立學古處分明暢足尤妙在起處

十行已盡其平生矣

梅聖俞墓誌銘

嘉祐至其家　點　自武至者也　點

黄夢升墓誌銘

遇之至大喙　點　子益至在也　圈

又遇至閒寓　點　問其至其文　圈

讀之至可樂　點　予又至衰也　圈

歐公叙事之文獨得史遷風神此篇遒蕩古逸當爲墓誌第一

張子野墓誌銘

於時至長者　點　予時至也已　圈

子野至果決　點　爲人至刻苦　删

平居至者邪　圈

歐公愛昌黎馬少監誌摹仿之至於三四至此篇然後化去痕跡以交遊之聚散生死感歎成文淋漓鬱勃

歐公筆力平弱山砠水涯四字為句者四語殊少勁健今擬删去山砠水涯及邀字子野為人三句下筆絶少氣勢幾於六朝之靡弱矣今擬删去為人以下十字

連處士墓表

以一至者歟　點　應山至行喪　點

自卒至詳也　點

河南府司録張君墓表

君之至而去　點　蓋君至年矣　圈

所至至為樂　點　自君至無窮　圈

歷敘交遊而俯仰身世感歎淋漓風神遒逸當與黄夢升張子野並為誌墓之絶唱

太常博士周君墓表

有篤至之喪 點 其弟至為問 圈

則非至取也 點

孝行正叙只兩行已盡故以不能行三年之喪至舉世廢禮反覆感歎對面託出周君纔成一篇文字

右班殿直贈右羽林軍將軍唐君墓表

嘉祐至將軍 點 當是至及焉 點

又以至勉哉　點

胡先生墓表

師道至最盛　點　弟子至為學　點

於是至著今矣　點　學者至雅飭　點

其言至公也　圈　東歸至之原　點

敘安定之善于教學而摹寫其弟子之盛且賢淋漓生色末及東歸而諸生執弟子禮以為餘波

集賢校理丁君墓表

國家至亦足　點　議者至不幸　點

而天至一官　圈　然猶至永州　點

祭資政范公文

舉世至然歟　點　易名至所爭　點

祭尹師魯文

辯足至爲鄰　圈　嗟乎至乎人　點

祭蘇子美文

子之至如麻　點　須臾至萌芽　圈

子於至怪邪　點　譬如至之長　點

祭梅聖俞文

三十至會合　點　薦子至六經　點

事今至必期　點　念皆至無幾　圈

祭丁學士文、

善惡至為賢　點　毀善至方知　點

彼靈至南邦　點　然則至揄揚　圈

秋聲賦、

初淅至行聲　點　嗟乎至歎息　圈

上韓樞密書

蓋古至見也　點　夫兵至出矣　圈

蓋虎至怪者　點　劉項至救也　點

嗚呼至其後　圈　御將至職也　圈

彼狄至為治　點　夫以至然也　圈

此先至術也　圈

文學先秦西漢雄放可觀當屬宋人書中第一然取秦漢文與並讀之則前人古樸後人薄弱矣

易論

一聖至之衆　點　人之至避矣　點

凡人至者也　圈　聖人至其教　圈

夫筮至天也　點

樂論

禮之至難久　點　嗚呼至於藥　點

告語至為樂　點　雨吾至信乎　圈

後半風馳雨驟極揮斥之致而機勢圓轉如轆轤

詩論

人之至支窮　點　噫禮至去矣

聖人至中人　點　夫背至及也　圈

老蘇易樂詩三論並不根之談而行文雄放有俯視一世之概

明論

天下至殆哉　圈　日月至明矣　圈

專於至笑也　點　夫齊至博也　點

天下至九也　圈

從齊威王之殺阿大夫生出一篇議論行文縱橫曲暢

管仲論

夫功至由兆　點　則齊至管仲　圈

何則至仲也　點　夫齊至夫耳　點

不然至之邪・圈　夫天至信也　點

吾觀至此也　點　夫國至死哉　圈

責仲以不能擧賢自代只一意耳而行文嫋娜百折情態不窮結處引臨死薦賢二人作証却是因此二人生出責仲之議

六國

六國至道也　點　思厥至宜然　點

與嬴至免矣　點　且燕至易量　點

嗚呼至咽也　圈　悲夫至劫哉　點

筆力簡老

項籍

吾嘗至戚焉　圈　且夫至有濟　點

嗚呼至晚也　圈　且亡至入哉　點

虎方至秦也　點　諸葛至險也　圈

起勢橫絕不分賓主末後正意已盡却尋出孔明作結

更不回顧烟波渺茫

名二子說

輪輻至爲者　點　雖然至飾也　圈

天下至不與（與焉）　點　雖然至免矣　圈

凡作數行文字不可使平直之筆須下筆便有嶔崎之致惟昌黎能之老蘇此作殆並昌黎

仲兄文甫說

今夫至如緬　圈　揖讓至不前　刪

其縈至文也　圈　交横至無垠　刪

宛轉膠戾　刪　然而至生焉　點

是其至間也　圈　今夫至自然　點

昔者至口實　圈

極形風水相遭之態可與莊子之言風比美而其運詞却從子虛上林得来　其形容處亦多重沓不必有之向今擬刪六語爲得　使入退之手當直從風水相遭乎大澤之陂起而結處乃入仲兄字公羣而請以文甫易之

送石昌言爲北使引

憶與至甚狎　點甚恨　甚喜稱善至自慚　自喜　皆

連點　而昌至慨然　點　自思至感也　圈
往年至為贈　點
其波瀾跌蕩極為老成句調聲響中窾合節幾並昌黎
而與殷貞外序實不相似

族譜引

嗚呼至生矣　圈　情見至人也　亦點
吾所至可也　圈
其文簡老而議論沈著痛快

上神宗皇帝書

臣之至而已　點句　人莫至主也　點

聚則至災也　圈　君子至向背　圈

孔子至器也　點句　驅鷹至自信　圈

宋文至其事　點句　以為至聊生　圈句

且其至權重　點句　夫人至塞責　圈

陛下至邀功　點句　然人至歲矣　圈

士大至盛觀　點　聖人至者矣　圈

大抵至於怨　圈　異日至惜惜哉　點

士之至者乎　點句　夫國至與貧　圈

故臣至富强　點句　使陛至風俗　點

故臣至元氣　點句　古之至大也　圈

且天至願哉　點　今君至散微　點

大抵至可圖　點　其得至得哉　圈

轉對至亂矣　點　故仁至豈知　點句

擢用至獎也　點　夫姦至不足　圈

然養至之狗　圈　公議至失望　點句

夫彈至振起　圈　是以至死節　圈

雖自宣公奏議來而筆力雄偉抒詞高朗宣公不及也
宣公止數陳條達明白足動人主之聽故歐蘇咸效其
體

代張方平諫用兵書

好兵至禍以入圈 漢唐至遂滅入圈
天下至故也 點 尚賴至聖意 點
故沈至州矣 點句 今師至觀乎 圈
此二至深遠 點
沈著痛快足為人臣忠諫之式

上王兵部書

荆刑至者乎　圈　聞之至過矣　點

亦徒至生爾　點

似從戰國策汗明之說春申君來文亦雄肆然以汗明之言較之後人之暢達終不及前人之簡古有味

答李端叔書

軾少至制策　點　其實至至今　圈

妄論至損益　圈　軾每至閉塞　點

扁舟至人識　圈　平生至所望　點

末有至我也 圈 無乃至此也 點

此等本色言語信手寫出自然工妙足見長公之才然終開後人語錄口角不及前人之文雅

平王論

今夫至者也 點 然至至敎也 點

其餘至者也 點 嗟夫至微乎 圈

使平至霸哉 點

因王導定不遷之計以議平王之東遷却將古之遷國者通算其存亡議論纔周匝

始皇扶蘇

始皇至言智點　雖然至道耳圈

彼自至不興　圈　嗚呼至來矣　圈

夫豈至之矣　點　李斯至也哉　點

夫以至發焉　點　然其至易此　圈

波瀾曆折而文勢曲注於此見長公之才

魏武帝論、

者此至成功　刪　魏武至爭利　點

犯此至孫權　刪　是以至之強　點

且夫至緩圖 圈 方其至得志 點
孫權至破也 圈 而欲至抗也 點
此用至以逞 圈 故夫至過歟 點
魯隱公論
盜以至哀哉 圈 君子至反是 圈
嗚呼至者歟 圈 哀哉至也夫 圈
東坡爲文中之仙如此文觀其來處入處起處落處斷處續處無非仙筆
宋襄公

宋襄至名爾　點　君子至者邪　圈

人能至鬼乎　點　其不至莽也　圈

英爽沈着直使襄公無可置喙

伊尹論

辨天至者矣　圈　今夫至遠矣　點

讓天至藏也　圈　天下至推也　點

非乎至卑也　圈　何則至也哉　圈

後之至謂之　點　不知至矣夫　圈

從孟子生出其議論踈奕暢足

戰國任俠論

此先至道也　圈　夫智至靖矣　點

六國至亡也　點　向之至時也　圈

縱百至信也　點　豈徵至也邪　點

秦漢以後之治當用此牢籠之術其文沛然直達不可沮遏

范增論

易曰至維霰　點　增之至時也　圈

且義至者也　點　羽之至本也　圈

方羽至陋矣　圈　雖然至也哉　點

增與羽比肩而事義帝力能誅羽則誅之荒謬之談與篇中義帝之立增為謀主相悖然其文如老吏斷獄一字不可增減

留侯論

夫子至過矣　點　且其至在書　圈

千金至者也　點　何則至怒也　圈

觀夫至已矣　點　此子至之也　點

由此至全之　點　嗚呼至房歟　圈

子房不忍于沙中之一擊而淮陰自王遂能教高帝以忍于此看出由老人之教此文忽出忽入忽賓忽主忽淺忽深忽斷忽接而納履一事只隨文勢帶出更不正講尤為神妙

賈誼論

非才至才也　圈　夫君至取也　點

然則至為邪　點　若賈至文也　圈

為賈至得志　點　安有至哭哉　圈

嗚呼至足也　點　古今至發哉　點

長公筆有仙氣故文極縱蕩變化而落韻甚輕

鼂錯論

天下至之也　點　昔禹至成功　點

錯不至居守　點　當此至于禍　圈

何者至其間　刪　嗟夫至禍歟　圈

荀卿論

昔者至怪也　點　由是至太過　點

彼李至者耳　圈　今夫至法者　點

不知至此也　圈　其父至之也　點

韓非論

仁義至忌之際之點　相愛至其中盡圈

今夫至不可圈

本史遷之言而暢發之其文頗近時文而明快無敵

策略五

天子至及矣點　天下至成也圈

天下至操也點　凡此至操也點

使其至其後點　創業至救矣點

使天至不善點

此篇務在通上下之情而行文明暢起處渾渾浩浩而來而曲折縱送從心所欲

決壅蔽

今夫至自至　圈　天下至鬼神　點

昔者至天下　點　故小至為奸　圈

今也至為解　點　故小至為姦　圈

坡公自謂意之所到則筆力曲折無不盡意心手之喻意之所到已為奇妙而筆力曲折盡意更奇妙

無責難、

且夫至之矣 點 今日至不至 圈

方其至爲哉 點 此三至人歟 點

今之至何也 點 夫吏至免耳 圈

爲法至已乎 點 今使至而已 點

在下者飾僞干進之情在上者於同類互相容忍之態

千載而下猶如親見其人此之謂能文

省費用

夫民至食乎 圈 天下至加之 點

譬之至後邪 點 且人至然也 點

蓋嘗至益癯　點

坡公洞悉民隱發揮閭閻瑣屑之情懇摯周到故權國

用而以小民之家推之最爲親切易曉

練軍實

故殺至卒强　點　凡民至費也　圈

嗟夫至數矣　圈　凡民至者矣　點

民三至凶人　圈　今夫至所忌　點

倡勇敢

戰以至乎私　點　有人至與君　圈

人固至如此　點　彼閭至敗也　圈

均是至繼矣　點　天下至者矣　點

天子至異也　圈　私者至惡也　點

天下至自止　點　其患至之士　點

自行自止然皆行乎其所當行止乎其所不得不止此

坡然得意處

定軍制、

夫兵至曉也　圈　是以至聚也　點

是以至食也　點　由此至變乎　圈

費莫至征行　點　天下至用之　點

教戰守

開元至微矣　點　天下至不傷　圈

今者至過歟　點　今國至不測　點

而臣至危哉　圈

策斷下

蓋非至細也　點　由此至法勝　圈

一失至相制　點　胡不至法也　圈

今夫至射也　點　君臣至者也　圈

其中至之中 點 有一至生變 點
中國至有餘 點
方山子傳
庵居至山子 點 嗚呼至之意 點
獨念至豪士 圈 今幾至人哉 點
余聞至之歟 圈
鹿門煙波生色四字足盡此文之妙
醉白堂記
公豈至得者 點 天之至欲哉 圈

此公至無也　點　此樂至無也　點

此公至同也　點　公既至而已　圈

古之至遠矣　點

精神籠蓋一世

李君藏書房記、

士之至所及　點　然學至何哉　圈

予猶至不及　點　學者至何也　圈

予既至益乎　點　使來至惜也　圈

張君墨寶堂記、

世人至為博 點 由此至之者 圈

是豈至過矣 圈 蜀人至此乎 點

君知至為鑑 點

石鐘山記

至莫至大恐 圈 徐而至百人 點

空中至鐘也 圈

欲寫水石吞吐之聲先將大石栖鶻鸛鶴三項實位摹寫一番以心動欲還跌出大聲發於水上纔有波折而興會更覺淋漓 鐘聲二處必取古鐘二事以實之具

此詼諧文章妙趣洋溢于行間坡公第一首祭（記）文

表忠觀碑

天下至甚厚　點　而蜀至甚大　點

今錢至義也　點　仰天至南金　點

前赤壁賦

清風至不與　點　少焉至之間　點

白露至茫然　圈　浩浩至登仙　點

桂棹至一方　點　客曰至在哉　點

遊者至共適　圈

後赤壁賦

霜露至明月 圈 江流至識矣 圈

履巉至從焉 點 劃然至而恐 圈

凜乎至休焉 點 時夜至西也 圈

須臾至不荅 點 嗚呼至其處 圈

祭歐陽文忠文

譬如至周知 圈 譬如至狐狸 圈

孰謂至之遺 點

祭魏國韓令公文

公於至賈誼圈　公於至白虎圈

公於至汾陽圈　公於至魏邴圈

公於至周公圈

商論

蓋物至振也　點　太公至之令　點

蓋商至亡也　圈

六國論

昔者至道也　點　而秦至故也　圈

夫韓至其禍　點　夫韓至間矣　圈

以四至爲哉　點

三國論

天下至用也　點　昔者至僊矣　圈

蓋劉至之術　點　嗟夫至也夫　圈

武昌九曲亭記

依山至久也　點　倚怪至左右　點

昔余至移日　點　至其至仙也　圈

蓋天至爲悅　點　方其至是也　圈

代三省祭司馬相公文

太任至歸歟　圈　公之至金石　點

事勢至則甯　點　鉏去至本原　圈

白叟至以須　點　禮成至往禨　點

謝杜相公書

然明至如此　點　蓋明至時也　圈

夫明至而已　圈　誓心至能也　點

溫然爾雅之中自有渾雄之氣

寄歐陽舍人書

非近至安近　刪　人之子孫者　刪者字

後之至爲也　點　當觀其人　則不足以行世而傳

後其故非他　故　孰爲其人而能盡公與是歟

皆刪　蓋有至然哉　刪　而世至也哉　圈

其追至圖之　點　則世至先生　圈

文亦雍容溫雅而前半歷叙作銘源流不免鈍拙験蹇

今為删乙之如此

陳書目録序　、

夫陳至也哉　點

前序書成之難後論陳政之得失而要當存之以傳於

後世步步穩實予固之所長如此

列女傳目録序

初漢至意也　點　夫能至盛也　點

然古至至哉　圈　世皆至者也　點

士之至故也　圈

子政胎教之言已迂古而子固更進一步歸之身化

深入理奧文亦燦然成章

范貫之奏議集序

自天或矯　章有　仁宗　皆句上一字

蓋當至用也　圈　而公至故天　至於　故當　夫

因　皆句上一字　後世至難得　點

則公至窮也　圈

子固集序當以此篇為弟一其妙則王遵巖之評盡之

先大夫集後序

其在至意也　點　而公至齬終　點

嗚呼至者乎　點

稱述先人之忠諫而反覆致慨于當時朝臣之齟齬及

天子優容之盛渾然磅礴

館閣送錢純老知婺州詩序

蓋朝至已也　點

子固贈送之序當以此為弟一敷陳暢足而藹然溫厚

宜黃縣學記

其所至如此 點 為天至如此 點

其在至然也 點 噫何至也哉 圈

蓋以至此也 圈 當四至也歟 圈

夫及至之士 點 雖古至而已 圈

使一至勉歟 點

源流備悉輸寫明暢是大文字

襄州宜城縣長渠記

春秋至是也 點 蓋隱至其利 點

蓋水至復也　點　夫水至也歟　圈

方二至明也　點　而是至害也　圈

夫宜至始也　點

徐孺子祠堂記

漢元至不避　點　百餘至力也　圈

漢至至感歟　點

撫州顔魯公祠堂記、

賊之至勢也　點　公獨至倡也　點

小人至有也　點　若至至而已・圈

故公至也歟 點 維歷至大也 圈

越州趙公救菑記

前民至其備 點 公斂至瘞之 點

其施至之備 圈 民病至閒矣 點

將使至近乎 圈

詳悉如畫有用之文起處用管子問篇文法極古

萊園院佛殿記

噫佛至也已 圈

唐論

由唐至幸也　圈

後半上下古今俯仰慨然而淋漓遒逸有百川歸海之致鹿門反謂其格弱何耶

上仁宗皇帝言事書

法其至政矣　點　夫羣至吾治　點

夫教至得也　點　朝廷至文章　點

夫課至是也　圈　蓋今至何也　圈

夫人至者焉　每句點　今士至少矣　圈

至於至其任　點　居則至者乎　點

方今至選也　每句點　夫此至聞也　點

今悉至九矣　圈　夫古至人也　每句點

今使至而已　圈　方今至多少　每句點

以文至為也　點　夫責至故也　圈

雖然至者也　點　夫教至足怪　點

夫慮至有也　點

陶冶人才有四法曰教曰養曰取曰任而於養之中又分三法曰饒之以財約之以禮裁之以法又轉出三層曰慮之以謀計之以數為之以漸又轉出勉之斷之二意其行文曲折暢達極文章之能事而局段分析不及古人之高渾變化

答韶州張殿丞書

自三至於史 點 而執至間邪 圈

中間慨古今作史之不同曲折淋漓介甫僅見之作

靈谷詩序

吾州至其址 點 惜乎至處也 點

惟君至於此 點

興致亦自淋漓

度支副使廳壁題名記

夫合至得也 圈 然則至紛乎 點

觀其至志也 點

王 二

芝閣記

方是至盡矣　點　於是至瑞也　點

則知至治哉　圈　噫芝至歎也　圈

遊褒禪山記

蓋予至樂也　圈　於是至在也　刪

夫夷至悔矣　點　其孰至得也　刪

此所至之也　刪

讀孔子世家

夫仲至而不　圈　而還至者也　點

簡老讀嚴重

讀孟嘗君傳

嗟乎至至也　圈

寥寥數言而文勢如懸崖斷壑於此見介甫筆力

廣西轉運使孫君墓碑

君少至已就　點　歙之至鄉里　點

伍子胥廟銘

極贊子胥是介甫之識高於後儒處

給事中孔公墓誌銘

其任當　嘗知諫院矣　嘗爲御史中丞矣　皆連圈

蓋公至者也　點　年少至憚驚　點

其後嘗　連圈　而兗　圈上一字

所至至絀也　點　其在兗州也　連圈　於是人度

公　連點　未幾至中丞　圈　於是又度公　連點

而公果出　連圈　初開　圈上一字　故出公知

鄆州　連圈　其後　圈上一字　故特至侍郎　點

公廉至知名　點　然余至道哉　圈

秘閣校理丁君墓誌銘

越人至吏也　點　故其至之喜　點

夫毆至理也　圈　文於至爲窮　圈

敘次簡潔而議論正大

兵部員外郎馬君墓誌銘

是時至諸路　點　而君　點上一字

於是　連點　朝廷至六路　乃以　又以　遂爲

已而至則　皆連點　而君至宣州　點　又還臺

又爲　皆連點　始君至所守　點

於是至爲也　點　予常至也已　點

王　四

投之 至 奚為 點

叙次與田太傅同一機法

泰州海陵縣主簿許君墓誌銘

貴人 至 也已 點 士固 至 之矣 以 圈

有拔 至 使之 圈

以議論行叙事而感歎深摯跌蕩昭朗荆公此等誌文

最可愛

臨川吴子善墓誌銘

臨川 至 此類 點

王深甫墓誌銘

吾友至合變 點 嗟乎至此矣 圈

嘗獨至之民 點 嗚呼至死矣 圈

甚哉至真也 點 夫此至知也 圈

金溪吳君墓誌銘

君和至聽也 點 嗚呼至悲邪 圈

叙次簡潔議論高遠

孔處士墓誌銘

先生至此邪 點 汝人至爲恥 圈

而世至異也　圈　當漢至者哉　圈

洗發處士高行言簡潔而意深摯後段議論尤爲深遠

建安章君墓誌銘

少則至喜愠　點　視其至已矣　圈

昔列至之矣　點

其來如春水之驟至故佳

建陽陳夫人墓誌銘

方此至宜也　點

處士征君墓表

淮之至揚子 點 仕君 徐君 兩人 皆句上一
字兩人至於世 點 徵君至逆也 點
噫古至道之 點
以善醫善筮爲人所知慨徵君之無聞而同爲一鄉之
善士故誌徵君而并及三人
祭范潁州文
閑姦至江湖 點 風俗至怡雅 點
力行至相侈 點 公之至營窮 圈
如釀至尋尺 圈 宿臟至刑加 點

講藝至有喜　圈　取將至之彥　點

聲之至完鄰　圈　昔也至滿道　點

藥之至委蛇　圈　扶賢至於鄉　點

謂宜至於斯　點　蓋公至盡試　圈

化于至惡粟　點

祭周幾道文

初我至決澤　圈　貌則至如翁　圈

皓髮至先弊　點　發封至驚呼　點

弔禍至在眼　圈

祭曾博士易占文

地大至之悲　圈

祭李省副文

君謂至康甯　點

祭高師雄主簿文

我始至之間　圈　日月至悲歡　點

淮水至一昔　點　豈惟至歎惜　點

祭丁元珍學士文

我初至所知　圈　雖培至華滋　圈

又從至為此　點

祭歐陽文忠公文

其積至可知　點　既歷至不衰　點

功名至之涸　點

祭張安國檢正文

善之至如此　圈　自君至病歟　點

天不至之遠　圈　君仁至君子　點

吾兒至幾時　圈

祭東向原道文

奚仇至疑嗟　點　霜落至蒼天　圈

如羃至同芻　點　百不至其有　圈

豈無至去彼　圈　閟閟至日月　點

祭王回深甫文

受毋命而爲友哭友因以哭毋入骨之痛

姚範

援鶉堂筆記補遺

姚範

簡介

姚範（一七〇二——一七七一），初名興涑，字已銅，又字南菁，號薑塢，晚號几蘧老人，安徽桐城人。乾隆七年（一七四二）進士，選庶吉士，授翰林院編修，未幾致仕。晚年主講於天津、揚州各書院。

援鶉堂筆記補遺

一卷

援鶉堂筆記補遺

《援鶉堂筆記補遺》一卷，清光緒十五年（一八八九）姚永概鈔本。一册，毛裝。半葉十三行，行二十四字，小字雙行同，無框格。開本高十九點六厘米，寬十四點七厘米。行間及眉上有姚永概朱筆批注、案語。正文前有其抄書題記。

是書爲姚範《南史》眉批札記的過録本。題記云：『戊子十二月自《南史》眉上摘抄，計四百五十八則。己丑九月復校一過，增十二則，删一則。五世孫概謹記。』又記：『中有數條是惜抱公筆，然檢傳中有惜抱公一則，後有一則駁之，正是先編修之手迹，乃知惜抱公數則皆爲伯父代書也。』是書未見刻本，鈔本僅見於本館。

戊子十二月自南史眉上摘抄計四百五十八則己丑九月復校一過增十二則

删一則 五世孫槃謹記

中有數条是惜抱公筆欸檢傳中有惜抱公一則後有一則駁之已是 先

編脩之手跡乃知惜抱公數則皆為伯父代書也 又記

援鶉堂筆記補遺

南史

目錄　第三十三卷徐廣袁何法盛附見

宋本紀武帝　丙辰侯城门開無忌等義服徒服傳詔服稱詔居前袁晉書何無忌傳無忌僞著傳詔服稱勑使

義軍初剋京城　劉穆之等傳亦作京。元和郡県志建安十四年孫權自吳理丹徒号曰京城今润州是也十六年遷都建鄴于此为京口鎮揚州理或古名京城説者以为荊王刘賈嘗都之或言孫權居之故名京城揚荊字既不同孫權未称尊号已名为京則兩説皆非也範按吳志孫權自吳理丹徒不見本傳而号为京城亦無可攷即元和志疑古名亦不定为孫權时也

。史記年表刘賈都吳史都丹徒亦未知史審

賊進屯丹陽尹—尹宋書郡

是歲魏明元皇帝太常五年按延壽于北史不书江左年号記
安崩則曰某帝殂于南史則記索虜年号又书曰魏某皇帝崩
安东西二魏則右西而左东书周而擯齊以李唐開迹於路招
拔舉趾於周隨也然皆任情作例不足為式
文帝　行臺至江陵案是时荆州治江陵傅亮傳亮奉迎文帝
立行臺於江陵城南。宋书傳作立行门
西涼武昭王孫李寶始歸於魏按李宝之歸拓拔何足以书於
宋紀以延壽之遠祖而书無此史例
秋七月庚午遣寧朔將軍王玄謨拒魏案此时乃遣元謨北伐
攻碻磝圍滑臺非拒魏也以是致魏主之侵我逼江皋耳宋书
作北伐李氏改云拒魏失之矣且元謨自碻磝退還歷下在次
年正月安得有拒魏之事耶
帝崩於合殿｜宋书本紀作含章殿二凶傳作合殿

前廢帝　丁未皇子生少府劉曚之子也｜宋本劉勝之子

那阿生寧馨兒按世說容止第二十八則注引語林王仲祖覽鏡自照曰王文開那生如馨兒又方正劉尹謂桓大司馬使君如馨地寧可鬬戰求勝

論　雖覆師喪旅四句按疑有脫誤宋本亦同

雞結亾豎｜宋本商豎

明帝　休仁呼主衣以白紗代之按後齊高紀王敬則取白紗帽加帝首（梁按侯景傳簡文至西州上冠下屋白紗帽服白布裙襦景服紫紬褶上加金帶似亦朝帝即位即服此也）

徐州刺史申令孫至並同逆按當附江州非無名之舉豈可仍宋本而斥之為逆

南豫州刺史至並舉兵反按何以不書會稽孔覬

來頭折鵲尾｜來頭傳作鵲頭

詔以故丞相江夏文獻王按江夏義恭

後廢帝　嘗著小褌—當從宋書作小袴褶。

察孫起有蒜氣—起下當脫之。宋書亦無

齊本紀高帝　折竹為寄生—寄生未詳

彥節走領擔湖—領齊書雒

高帝亦並赦而用之接以下不知何意加高。

所以大唐遜位謗並興歌接尚書大傳謗並作大唐之歌

命司喪而謁蒼昊喪從南齊改袞袞

以左道壓之上—之疑其

然則帝之符應也若是今備之云接齊書云上姓名骨體及期

運歷數並遠應圖讖數十百條臣下撰錄上抑而不宣當即李

氏之所取備也

武帝　可盡心供養禮拜之紲有功德事—紲齊書作應

廢帝鬱林王　是時西昌鸞任知朝政天下咸望風采來蘇接

為蕭鸞頌德出於爾時史臣可耶李氏何意耶。
廢帝海陵王　以鎮軍大將軍開府儀同三司錄尚書事都督
揚州刺史。按　大將軍下脫西昌侯鸞
廢帝東昏侯　揚州刺史始安王遥光據东府反｜東下脫府字。
臺閣案奏月數十日乃報。｜月疑閏。鼐
和帝　中興元年春二月乙巳｜案本卷前。當作三月乙巳。
梁本紀武帝　狀貌殊特。日角龍顏。｜邵陵王綸傳。取一老翁公
起廢類帝者。鼐案與南紀言不合知矣。蓋紀出於史臣頌揚之詞。邵陵傳得其真也。
魏將尔朱榮攻殺元顥。京師反正。按以魏之京師著之梁紀
乎。
又魏渤海王高歡舉兵信都。按加渤海王三字亦非。
遣司州刺史羊鴉仁率土州刺史桓和。按羊鴉仁傳亦作土。梁
本武紀作兗。

其由云西南得朋東北喪朋—由繇之誤

敬帝　每求耆德該悉—該悉未詳梁書同

論　善守鄭文貞公論之曰　梁書後云史臣侍中鄭國公魏徵曰北齊書引魏論云鄭國文貞公論之曰此云鄭文貞公論之疑鄭下失國字也

陳本紀武帝　齊遣將辛術圍嚴超達於秦郡—達上有柳字

對冶城日立航度兵—立日是口誤

讒狀作歌—陳書作謠

論　始梁末童謡云可憐巴馬子一日行千里不見馬上郎但見黄塵起黄塵汚人衣皁莢相料理按皁莢謡見御覽九百六十卷彼云陳書今陳書不具未知指何人所撰只文句与南史小異

列傳后妃上　淑妃舊擬九嬪—南齊九棘

妻高密叔孫氏遷陵平鄉尹按宋書封永陵平鄉尹并州郡志

邑永陵惟揚州之永嘉有永寧不則還字為誤或作延陵建陵
脫封字
文章胡太后—宋书云武帝胡婕妤
所得不過五三萬五三十匹—宋书作三五万三五十匹
以此事語從舅陳郡謝綽曰—綽宋书作繛
丁貴嬪　傳中脫生昭明太子之文又簡文及廬陵王續並昭
明同母弟
長沙景王道憐傳　韶入于元帥接覌韶後謂彥節之言不爾
遽喚其元帥（槩按韶謂不當讓領軍似以知鑑於呂祿呂產）
坐门生杜德靈放横打人接疑即謝惠連傳之杜德靈
彥節少以宗室清謹見知接彥節乃刘秉之字称字而失其名
蓋未檢也。避唐諱高祖父元皇帝諱昞
其何意苦阿父為此接江左称伯叔父為父王球对其兄子履

臨川武烈王道規傳　六自云所父。

鮑照字明遠。按鮑照何不入文苑，而依宋書附之于此。

文帝以為中書舍人。按宋書云世祖遯庚沛，故易稱文帝。孝武字誤耳。永槩案：此王字是惜翁筆

廬陵孝獻王義真傳　使左右剔每舫函道施己船而取其勝者。按宋書云義真所乘舫單素，不及母孫脩儀所乘者，使左右剔母舫函道施己船而取其勝者。永槩按：如此則每字必母字之誤。然宋書自明了，延壽刪之，義反不明。

江夏文獻王義恭傳　上以御所乘蒼鷃船上迎之——鷃，宋書作鷹。

位入尚書下省，分諸子並神獸門外侍中下省——入下並下，宋書本有往字。

傳末　宋武帝七子，得以天年終者，衡陽一人而已。永槩按：此是惜翁筆

元凶傳　宋书为二凶傳南史厠於文帝諸子此李氏之闇也

竟陵王誕傳　至廣陵按是時南兖鎮廣陵

建康人陳文詔訴父饒为誕府史按元此称訴自上發之也

誕大怒　誕大怒上有脱文蓋删攝宋书三語耳

建安王休仁傳　至右衛將軍刘道隆按刘道隆刘懷默子附

怀慎傳

邵陵殤王友傳　不諱有無尹之心句當缘刊本之誤從宋书

改不諱有無之旨

劉穆之傳　及武帝剋京城穆之亦厚为之備謂所親日貧賤

常思富貴富貴必踐危機按貧賤二句晉书乃長民語此以刘

語矣

刘瑀傳　瑀性陵物護前按護前下宋书有不欲人居己上六

字故下言其險薄之行此芟六字則予詞不相屬矣李氏之于

舊史添改往往有不妥處者。

遂居劉安眾處，按劉湛襲封安眾男，後為丹陽尹。

劉祥傳　兄整為廣州卒官｜按任昉奏彈劉整文案云整父

興道先為零陵郡。

劉湛之傳　魯爽兄弟率部曲來奔，爽軌之子也。湛之以為廟

算，特所獎納，不敢苟申私怨。按宋書於前逵之之死云休之之遣

魯宗之子軌擊破之，李氏前既芟此十一字，則私怨不復知所

云矣。

傅亮傳　立行臺於江陵城南｜宋書立行門。

檀珪傳　珪訴僧虔求祿不與（以珪為征北板行參軍）　宋書志凡朝除為參軍事，板

用則為行參軍。至晉宋向降板名有參軍事、行參軍之稱，此板

字為行無疑。觀此是將軍府僚無祿，州郡僚乃有祿也。學按此是惜俞華

朱齡石傳　劉敬宣往年出黃武，按黃武，宋書黃虎，此避唐諱。

改　賊謂我今兼從外來往義宋本作應

朱超石傳　别齎大槌并千餘張矟乃斷矟三四尺以槌之一矟輒洞貫三四人按史制未詳

毛修之傳　帝乃令冠軍將軍劉敬宣伐蜀無功而退按宋書劉敬宣下云率文處茂時延祖諸軍伐蜀軍次黄虎

王元謨傳　軍至碻磝元謨進向滑臺圍城二十餘日按元謨圍滑臺在元嘉二十七年魏太平真君十一年魏太武自來救之至乃夜遁按元謨敗於滑臺即太武濟河之時魏書載於太平真君十一年十月廿守碻磝不知在何時又此時佛貍親率衆而來宋人膽落不知元謨於此有大破魏軍之事耶又南史本紀於元嘉二十七年七月遣寧朔將軍王元謨拒魏南北兩史記事多不合大抵後世之史乃讀紙懵隨欲勘對一事多闇淡而不明也

王曕傳　武帝笑稱嶷小名。多王法兒黑。按或多王為名。齊本
王玄載傳不載。
劉敬宣傳　桓脩。吾當復本土乎。按宋本作桓既脩矣。
博士周祗諫。按此當作隆安記者。
劉懷慎傳　安所之邁。宋本亦作之邁。
劉孫登傳　欲迎武當山道士孫懷道。使合仙藥。〻成服之而卒。
及就斂屍弱如生。按宋本載此與此異。宋本不足信。　孫懷道
宋本作孫道脩。
劉康祖傳　夜入人家。為有司所圍。突圍去。並莫敢追。因夜還
京口。半夕便至。明旦守門詣府。州要職備而建康移書錄之。府
州執事者並證康祖其夕在京口。按此與李鐵杖事相類。
元嘉二十七年。魏太武帝親率大衆攻圍汝南。按此當在太平
真君十一年。

會永昌王以長安之衆八萬騎與庫祖相及於魏尉武按宋書
作永昌王庫仁真按魏明元子健封永昌王健子仁但此子卿
本傳及太武紀不載
蕭思話傳　法護委鎮之罪按宋書上有思話既陷同法護委
鎮北奔之文故云委鎮之罪此殊率略大元南史削減舊書亦
未詳審也
文人真無所與讓也按思話於宋武爲内外兄弟臧質於文帝
亦同故文帝稱思話元凶劭稱質並云丈人蜀志先主傳獻帝
舅車騎將軍董承辭受帝密詔誅曹公裴注董承漢靈帝母董
太后之姪於獻帝爲丈人蓋古無丈人之名故謂之舅也
蕭惠開傳　但往眼額已自殊有所震眼額宋書作服領疑南
史近是眼額以狀女容顏耳　古人云人能弘道蓋此之謂乎
論　本史記外戚世家

謝晦傳 檀道濟云入關十策晦有其九才略明練殆难与敵

为本傳皆不可見

時謝混風華為江左第一按尋叔源字義當從晉书作混為是

。宋书及本书宋武紀俱作混

又言當遣外監萬幼宗往按宋书言上當遣外監萬幼宗往相

諮訪亮言宋文諮晦以北伐事今李氏改削事意不明

謝瞻傳 自楚臺秘书郎解職隨從按桓元建楚臺

瞻曰安仁謟於權門士衡邀競無已並不能保身自求多福公（靈運曰潘陸安仁士衡才為一時之冠方之公閭本自遼絕）

閭勲名佐世不得為並按兩人雖有所激為一時偏宕之辭然

充為晉室鷹犬豈得復以人類遇之晦以佐世推之亦既亡矣

其以凶終宜哉（謝純傳 左右引軍欲還外解〻疑觧）

謝朓傳 會稽孔覬粗有才筆孔珪嘗令草讓表以示朓〻嗟

吟良久手自折简寫之此又一孔覬

謝惠連傳　惠連先愛幸會稽郡吏杜德靈按杜德靈又見長沙王道憐傳後

謝靈運傳　理人聽訟不復關懷關宋本闕

孟顗傳　顗以劉穆之終後便無繼者王弘亦在甚不平按觀

柳世隆傳　武帝之鎮襄陽按祖道帝解茅土玉環贈之茅土未詳。年六十卒梁書四十六。

謝超宗傳　超宗殊有風毛按世說容止云王敬倫風姿似父作侍中加授桓公公服從大門入桓公望之曰大奴固自有風毛

有司奏撰郊廟歌上敕司徒褚彦回侍中謝朏散騎侍郎孔珪太學博士王咺之總明學士劉勳何法圖何曇秀作者凡十人此與謝朓傳之孔珪疑即孔稚珪。齊書有稚字。永熙按詳見孔珪傳條

謝惠連傳　惠連先爱幸會稽郡吏杜德靈按杜德靈又見長沙王道憐傳後

謝靈運傳　理人聽訟不复關懷關宋本闕

孟顗傳　顗叹刘穆之終後便無繼者王弘亦甚不平按觀王弘諷遣九錫及檢校刘式之子刘平生原不相得。此見魏昔魏朝酷重張郃謂不可一日無之按此見魏略今見魏志辛毗傳注

謝超宗傳　超宗殊有風毛按世説容止云王敬倫風姿似父作侍中加授桓公公服從大門入桓公望之曰大奴固自有風毛

有司奏撰郊廟歌上敕司徒褚彥回侍中謝朏散騎侍郎孔珪太学博士王咺之總明学士刘融何法圖何曇秀作者凡十人此与謝朏傳之孔珪疑即孔稚珪。齊書有稚字。東熙按詳見孔珪傳條

以先備出為南郡王中軍司馬。按是时文惠太子为南郡王。彦回丈恕曰宰士不逊。超宗曰不能賣袁刘得富貴焉免寒士。时与刘祥子同本有僅載落水三公之语。

謝莊傳　分左氏經傳隨国立篇。按余向于廟市見有馬撰完所著左傳又續之分国立篇想即本謝氏意。

王玄謨問莊何者為双声何者為疊韻答曰玄護為雙聲磝碻為疊韵。其捷速如此。元護疑是懸瓠之訛音同字誤耳蓋皆當时用兵之地元謨之所素習指之易明故云捷速也。懸瓠皆喉音今在匣母

之高祖四十曾祖三十三之祖四十七。按弘微既继謝峻則莊當以文靖為高祖而叙三世仍自弟以下何也。晋书弟卒时年四十二弟子韶早卒謝安年六十六。据此則當时於本生無伯叔之称然東漢时有之如審配与袁譚书云将軍謂先公為叔父是也。

謝瀹傳　與劉悛飲推讓久之悛曰謝莊兒不可不能飲瀹曰

苟得其人自可沉湎于日按劉悛勔之子

謝嘏傳伷位尚書僕射伷陳書伸

列傳第十一目錄以下王氏共四卷皆李通後枝派

王弘傳　曾祖導晉丞相按休元丞相曾孫與王廙曾孫弘之

為祖兄兄弟又裕之叔弘以字行祿擧按此循攦撰譜

王錫傳　錫字寡光寡疑寵之訛

僧衍弟僧達　僧達乃弘之少子與錫兄弟也僧亮錫之子僧

達所戢表云兄子僧亮僧衍乃係僧亮之弟則僧衍弟僧達五

字誤矣。案後王沖傳論僧衍錫之子

王僧達傳　荊江夏反叛按宋書無夏

僧達族子確少美姿容僧達與之私欵云云按此等疑李武作

傳涇譏之語沈約襲而不改耳

王融傳　晉書載祥覽父名融豈元長名同九世祖乎永檠按此是撰

翰
後日宋弁於瑶池堂謂融曰云云按覌後融云上接虞使語則
此等亦撰上之辭
謝（王）徽傳　徽兄遠按王瞻傳僧遠疑即遠也
王僧祐傳　檢南齊書目中無僧祐傳記詳
王沖傳　父茂璋字稚光按茂璋祖錫以光為字孫字不避光
王瑒傳　字子覺當從陳書改子璵
王僧綽傳　得僧綽所啟饗士並廢諸王事乃收害焉按為元
凶作詔死亦已晚矣沈約作贊乃比之羊叔子
王儉傳　已有棟梁氣矣按文選任昉王儉集序善注引齊春
秋亦作氣
帝以儉嫡母武康主同泰初巫蠱事不可以為婦姑｜按同巫
蠱事即東陽主此即及南齊云武康主未審

是年初有發白虎樽言白門三重門〻〻雞穿不完按未詳永樂按當是有人發王侯白虎形之樽上有文言如此云云也然文氣終欠詳明

上使陸澄誦孝經起自仲尼居儉曰澄所謂博而寡要臣請誦之乃誦君子之事上章上曰善張子布更覺非奇也按儉即本張昭語永樂按齊亦知其襲子布更以子布非奇獻之耳

薨年四十八—南齊年三十八按齊臺建在昇明三年儉時年二十八去此僅十年此四字誤集序亦三十八

王覬傳　瑯邪王錫此又一王錫王份之子

王筠傳　仕為尚書殿中郎王氏過江以來未有居郎署或勸不就筠曰陸平原東南之秀王文度獨步江東吾得比蹤昔人何所多恨按王坦之傳僕射江虨領選將擬為尚書郎坦之曰自過江來尚書郎正用第二人何得以此見擬虨遂止似坦之不居郎署

王彬傳　三真六草為天下寶。按三六蓋志彬兄弟之吹蕭排齊梁亦無彬傳。劉孝綽亦有云三筆六書。晉王導與彬為從父兄弟，導下五世至思文與同名、求郭按此是惜前翻

王藻傳　嘗以臨海公主降嬪。按臨海南齊江斆傳云尚孝武臨汝公主

王偃　無仲都之質而倮雪於北階。按桓譚新論云：元帝被病，廣求方士。漢中送道士王仲都，詔問所能，云能耐寒暑。乃以昆明池上環冰而馳，御者衣裘寒戰，而仲都獨無變色，卧於池上臺，曛然自若。

王瑩傳　設精白䱓美鮓麞肶。按䱓音邑，乙業切。肶音扶。

王亮傳　嘗作（無）殼尊傍犬，為犬傍無殼尊。按御覽五百六十二亦引此，作酉傍犬獻為犬傍酉，猶與今本異。余謂殼指尊下寸耳，蓋吳語也。

王華傳　乃發廞喪依華制服按晉書從兄謐言廞死所
自羨之等執權日夜構之於文帝按徐傳雖蒙里季之誅而王
氏兄弟（昆季）構陷之者俱由覬覦之私耳
王琨傳　家以僕婢恭心待之按僕婢僕是從犬
歷位宣城義興太守按東有義興
琨依謂曰語郎三臺五省俱是郎用人按依琨之族子稱郎
王球傳　王弘兄弟貴動朝野球獨日端拱未嘗相往來按林
文倩玉皆丞相曾孫而未嘗相往來可乎（永摩按明是惜背筆）
王彧傳　以景文及會稽孔覬俱南北之望按王氏琅邪思遠
會稽故云南北
司徒以宰相不應帶神州按司徒休仁
又不可用驃騎按驃騎蓋指休祐也是時休祐自荊州徵為南
徐州

銓

陜西任要　由來用宗室。按陜西擬京口也。前說非。陜西指荊
州也。蔡興宗傳前廢帝時起興宗為臨海王子頊前軍長史南
郡太守行荊州事不拜仍表顗劝之乃云有異今出居陜西之語
巴陵釋庶居之。按巴陵王休若泰始六年為荊州刺史。
今使居昔之祿當從宋書下增任字
晉平庶人從壽陽歸九朔。按晉疑南之平王鑠為豫州刺史鎮
壽陽。晉平王休祐未嘗出鎮壽陽也。宋書亦作晉平。
王蘊傳　儉蘊皆丞相五世孫而此兩美於仲寶。晉王蘊是
太原王恭之父。此同姓名。懋棨肖華按二条是
王奐傳　奐長子太子中庶子融。此又一王融。
王錫傳　銓弟錫。此又一王錫。
王裕之傳　晉驃騎將軍廙之曾孫。按廙王導叔父正之子。
性恬靜樂山水求為天門太守。按謝靈運山居賦注遠望邑胞山

甚奇下有良田。王敬弘經始精舍。（時府主簿宋協亦有高趣。宋書作宗協。趣當改趣）

王秀之傳　仲祖之識見於已多。仲祖語未詳。南齊云位至司徒左長史。可以止足矣。按疏廣傳引老子知足不辱二語。廣字仲翁。祖或翁之訛也。

世人以僕竟真靈助哭。按徐當亦讀礼通考引此作值。余意當為直。

王延之傳　子所有業乃居父憂。遇孔謝綸欲遣參之。孔珪曰何假參此。豈有全理。按遣參未詳。　言不須遣人參候。彼必死也。（承際接上一条是先編修公記，下一条是惜翁筆）

王峻傳　下官曾祖是謝仁祖外孫。按切之謝尚女壻。

王弘之傳　始寧沃川有佳山水。按沃川疑沃州。

王晏傳　晉熙王燮安西板晏主簿。附齊武帝為長史。與晏相遇。府轉鎮西。板晏為記室。按未經吏部除第。以府主下板用者。

則曰板書傳板記室。鼐按此是惜翁筆

王韶〻傳　韶〻因居郡境云〻。按宋書原文較此爲暢。

晉帝以孝武以來常居內殿，武官主書於中通呈，以省官一人

管詔誥，住西省，因謂〻西省郎。按鼐有百官志，自二衛四軍五校

已下謂〻西省，而散騎爲東省。鼐按此四条是惜翁筆

韶〻爲晉史序王珣貨殖，王廞作亂。珣子弘，廞子華。按弘華與

韶〻同在五世〻內，覓〻來孫也。

王悅之傳　晉右軍將軍羲〻曾孫也。按羲〻覓〻曾孫，正〻

孫也。右軍〻字因去右軍將軍，西省武官也，遂以〻官乃右將

軍。此必後人寫誤耳。鼐按下一条是惜翁筆

王准〻傳　晉尚書僕射彬元孫也。按彬正〻子，羲〻〻叔父。

垣榮祖傳　帝嘗以市業下若冀爲相，相未詳，鼐有本無相

乃補〻誤耳。鼐按上一条先孫循公記，下一条惜翁筆也。

張安世傳　南賊屯在鵲尾按南賊當時史臣丞宗李氏作书亦可易之

袁顗傳　與鄧琬欵狎異常云云按宋书袁顗傳次鄧琬其可前後尋覓易了李氏以袁氏相附而仍宋书之舊則于顗之性可有間留而不明著已

袁粲傳　火艾針藥莫不必具按凡史中莫不畢具意作畢者悉作必諱為是字誤為是字遍未涉宋书亦作必

先是齊滿帝遣將薛深蘇烈王天生等領兵戍石頭按王天生王茂之父

馬仙琕傳　馬仙琕南齊与王珍国張齊並見一卷之内南北二史氏族相從复以仙琕与昂为類敘次既非数語可了徒見其枝桂非例耳

魏豫州人白早生侯以懸瓠來降按梁武紀作白皁生

論　袁門世蹈忠義，因知風霜之堅，松筠共性乎。按唐書文藝袁朗傳：朗自以中外人物爲海內冠族，雖琅邪王氏繼有台鼎，而歷朝首爲佐命，鄙之不以爲伍。又云：門戶須歷代人賢，名節風教，爲衣冠顧矚，始可稱舉，袁、支是也。

孔覬傳　時上流反叛，上遣前水佽者孔璪入東慰勞云云。按尋陽之舉，本與晉安相應，思遠實主之，此傳所云，皆似各不相及。

賊帥所署攞程打宗陳景遠凡有五城。按賊帥之稱，宋世記注應爾乎。心論之順逆，定誰在？李氏於此漫無檢正，憒瞀已甚。

褚裕之傳　裕之乃淡之之子。此父奕者，指何人也？疑裕之乃（弟淡之三字或不誤，傳中）淡之之弟，後子裕之當作弟裕之。然此傳與宋書並同。（又按：子字誤）文既稱秀之長兄，則淡之乃次兄矣，後子字誤無疑。其題下亦誤，蓋淡之乃兄非弟。又上左傳前不須列題，題下弟淡之三字殊並乙去。

晉太傅裒之曾孫也。按晉书外戚傳褚裒子歆字幼安。

武帝以其名家而能竭心盡力。按竭心盡力者与弒恭帝之也。台佐加貂始自球也按球裕之元孙。

褚彦回傳 及袁粲怪貳 蕭子顯加以懷貳之辭李氏仍之。

又叙原諸殆已通矣。

及沈攸之事起。高帝召彦回謀議。彦回曰西夏釁難必無成。

公當先備其内耳。事起下南齊有袁粲怪貳。此移四字于前。則

之備其内何所指也。 西夏釁難南齊釁作釁。

論 齊书褚淵王儉傳論最為深切。李氏撥而去之。

蔡興宗傳 常在勝明。明字书册。使選令顏禕之薛慶先等往復論執。按今下疑脱史字。

元嘉初中书舍人秋當詣太子詹事王曇首不敢坐。按宋书本

傳及張茂度傳並作狄當。南史佞倖亦作秋。張敷傳作狄當。齊陸

慧曉傳作秋。妻劉氏早卒。一女甚幼。

外甥袁覬始生子彖。而妻劉氏亦亡。興宗姉即顗母也。一孫一

姪郎自摟羲年齒相比欲為婚姻　按外甥之子乃娶祖舅之女
當時不以為非
何尚之傳　元凶弒立進位司空尚書令當此日尚黄閣王僧
達誅為老狗詐可云過
何點傳　故世論以點為孝隱士弟胤為小隱　據梁書何點
傳作附人號為通隱又何胤傳世號點為大山胤為小山記借
別本南史校
梁按點為孝隱士胤為小隱士大夫多慕從之下士字屬大夫讀則孝隱下疑多一士字或小隱下少一士字
何胤傳　世號點為大山胤為小山亦曰東山　按梁書云胤建武初已築
郊外號曰小山恒與學徒游處其內至是遂買園宅欲入東山
則小山東山義緣于此前截其文則讀者弗曉　余五世祖葬
江寧南城外之小山豈即子季所居之地耶
南郊祠五帝靈威仰之類圜丘祠天皇大帝北極大星是也此
康成牙後何足矜挾耶

胤胜俱前代高士。按此輩皆名高士，可笑之甚。
何炯傳　諸傳多不重出姓，此復加何。下何昌寓何字亦乙。
論點胤弟兄俱云遁逸，求其履蹈，則非日山林；察其持身，則
未捨名譽。觀其子晳之甚惠，景子季之矯激，沖形迹以心，居然
可測。雖高自標致，一代歸宗，以之入用，未知所取。然殆虞勝之
瓜江東所尚。按李氏數語差快讀者之意。
張緒傳　緒少有清望，誠美選也。南士由來少居此職。按當時
尚以南士相目。
常云何平叔不解易中七事。按七事下當有諸卦中所有時
義是其一也十一字。
王充傳　武帝欲以緒為尚書僕射，儉執不可，充以為慍，與儉
書曰云云。按梁書所載當是原文。
王瑗傳　宋征北將軍南兗州刺史永之子也。按永已見前。不

歷複敘官職且諸傳並父子相係而此綴於侯緒衍之後亦非例

封羲成孫庚從弟歆同之與環本曰吳郡何晚何須王反同之（即按吳郡太守錫以嘉名）

嗟驚乃是阿兄按思光之言蓋與景山所云語助推尋宦門之

恥同旨

環有子十二人常子中應有好者子從齊以意校改云

張稷傳　多為小山游小山從梁本改山水

会山賊唐寓之作亂唐寓之梁本作唐瑀

州人陸道角等夜襲州城乃害之按魏本天象志延昌二年正

月庚辰蕭衍鄣州民徐玄明等斬衍鎮北將軍青冀二州刺史

張稷首以州內附

張嵊傳　魏晉以來風烈無存仕更數姓一卷（傳）之中

而爵列前朝身著其後史醜焉不以為異至于一灑登車之淚偶

申陪位之悲便詡松以雅称貞節而吳郡之張乃有四山思紵
義列故足眉目江左豈止門宗之光也
張敷傳　中書舍人狄當周赳並管要務与敷同省名家敬詣
之與疑也
張沖傳　張戴樹立足伎素昂馬仙琕對之增媿
張暢傳　時歷城衆少食多按歷城未詳前諸人傳亦不明
張融傳　融元兼無師法而神解過人高談鮮能抗拒按高談
南齊作白黑談論
融与東海徐文伯兄弟厚云云南四史不立藝術傳李氏因之
故以徐附融傳。南齊附褚澄
興好黃老隱於秦望山按秦望山在今蘇州境界按在江陰縣
范泰傳　王元一流人也元下宋書有泰字
范曄傳　曄素有庭聞論議朝野所知按王淮之嘗作五言范

泰嘲之曰卿唯解彈乎耳准之正色答猶差卿廿載雄狐之際按范
固內醜有慙而准之亦非詔訊之道
曄及蜜与竝伏誅按曄死在元嘉二十二年乙酉十二月
曄獄中与諸生姪書以自序史畧曰云云按此书剪截多失史
本旨
觀古今文人多不全了此處按所云不全了者乃史本文所謂
別宫商識清濁也陸厥与沈休文书举范詹正論此意
吾思乃無定方下有特能於難適輕重亦宫商清濁之説
荀伯子傳　故太原衛瓘本爵菑陽縣公一宋书作蕭陽按晉
书武紀及本傳俱作菑陽地理志無菑陽亦無蕭陽續漢志陳
留[郡]考城故菑彭城国有菑邱
裴子野傳　外家及中表貧乏所得奉悉給之按顏氏家訓治
家篇云裴子野有疏親故屬饑寒不能自濟者皆收養之家素

清貧時逢水旱二石米爲薄粥僅得遍焉躬自同之常無厭色
顔延之傳 黄門郎殷景仁亦謂之曰所謂人惡俊異世疵文
雅此顔謙内徵士語
元凶弑立以爲光禄大夫按屈身元凶生乎盡矣何以得狂常
不責陽源拜丞
嘗早候竣遇賓客盈門竣方卧不起延之怒曰恭敬撙節福之
基也驕狠傲慢禍之始也況出糞土之中而升雲霞之上傲不
可長其能久乎按侍貴恃才所恃愈異而驕慢之習源自家尊
方當誅竣子子鍾嶸詩品作生
沈懷文傳 上又壞諸郡士族以充將吏並不服役至悉逃亡
按通鑑云詔士族雜婚者皆補將吏士族多避役逃亡乃嚴
爲之制
周朗傳 纔假種按二字未詳除本不載

仍

弘正諂附王偉云云。按陳書為立傳，此乃悉要之。

周弘讓傳　晚仕侯景為中書侍郎，人問其故，對曰：昔王道正直，以禮進退；今亂世，恐位不至，將害於人，吾畏死耳。始彭城劉孝先亦辭辟命，隨兄孝勝在蜀，武陵建號，任為世子府諮議參軍之隱，並獲譏於代。按孝先之仕武陵，猶美弘讓之仕侯景。

劉湛傳　伏甲於室以待上臨幸，謀又泄，竟弗之克。按宋書無。

庾仲文傳　登之弟仲文，不稱其名。按宋書庾炳之字仲文，唐世諱炳。

晉武不為明主，斷周冬之史，遂能奮發。按周冬之袁毅，史疑事之誤。是老王雅也。老王雅之旨未詳。晉書王雅傳乃或不誤其。

庾仲遠傳　仍嘗送至新林，仲疑弘。

顧琛傳　景還尚書庫部郎。按後云免中正，則此庫部郎下當從宋書增本邑中正四字。

琛以宗人顧碩寄張茂度門名，而與顧碩同席坐。按宋书作顧碩頭。以爲貞烈將軍。以字下從宋书王華傳校增女字。宋书顧琛傳亦有女字。

初琛景平中爲朝請，假還東，至雖白馬廟。云按李氏亦喜取此等耳。

顧憲之傳　南本附陸慧曉傳，梁本入止足。時西陵戍主杜元懿以下，須據南本本傳讀之。非苟通僦以納稅也。通南本有遏。而後之監領以下，蔓割原文，遂難曉讀。大所欲岸腹以亦當斷而冠耳。按南本有自岸腹以語，此段蔓去，則讀者不明。並惟正百端輸調，又則常然。正下疑闕。

皆家局檢校皆此之誤。

奇巧所傷。按有本倚巧所傷，信本明。此改字非誤。

羊玄保傳　子戎少有才氣而輕薄少行檢，語好為雙聲。文帝好與玄保棊，常中使至，玄保曰：今日上何召我耶？戎曰：金溝清泚，銅池搖颺，既佳光景，當得劇棊。按金溝見母，牙音；清清母，泚穿母，齒音；銅定母，池澄母，舌音；搖颺喻母；既佳光景並見母；當得端母；劇羣母；棊見母。

熂山封水。按是禁民所燎矣。毛傳云：柞棫之所以茂盛者，乃人熂燎除其旁草，養治之，使無害也。陸氏云：芟草燒之曰熂。

沈演之傳　給西阮佃夫王道隆等。給宋本結。

沈顗傳　梁書顗入處士。

沈浚傳　梁書張嵊同傳。

江蒨傳　泰以疾假出宅，乃遷散騎侍郎。按泰時為吏部尚書。

承榘按此是情翁筆

沈慶之傳　率衆助脩之。失律下獄。上宥脩之二字。

「今方與大事，而黃頭小兒皆參預此」　白面書生可對黃頭小兒。

此条可删

視諸沈爲翅首者數十。視疑時之誤。

沈昭略傳　王晏嘗戲昭略曰：賢叔可謂吳興僕射。昭略曰：家叔晚登僕射，猶美於尊君。以卿爲初蔭。按晏父普曜爲祕書監。

沈文季傳（初慶之死也，攸之求行）至是文季收攸之弟登之誅其宗族以復舊怨。按登之与文季乃從祖昆弟，何云誅其宗族乎？攸之實藥蓋非仇己求行，乃媚齊者所辭。文季自誅其宗，亦爲媚齊耳，安得謂復讐哉。承榘按此是情翁筆　攸之之殺慶之雖非仇己，然從督主之命自殺猶父，其狠毒已不比設想，獨不可以逃而去之乎？文季雖借予誅之而復讐之意亦不可全無耶。

沈攸之傳　失之人情。疑作大失人情。

漸懷不已之心漸恣不已皆蕭者史耳

攸之未檄文疏皆曰記室南陽宗儼之辭也此宗儼疑即前府主簿宗儼之也特云記室南陽宗儼似以為二人矣蓋李氏雜采諸書或不及檢耳

論　攸之地處上流擅稱義舉專威擅命年且逾十按宋書云伺隙西鄙年逾十載擅命專威無君已極蓋有世史臣之詞也此既云擅稱義舉下承二句上下不相蒙矣

柳元景傳　後軍外兵參軍龐季明三秦冠族按宋書曰云季明年已七十三

六年進司空侍中中書令中正也故按宋書但云令無中書二字此中書疑作尚書

左右壯士數千人宋書十

與司徒崔浩親浩被誅光世南奔按浩之誅也自以史禍而宋

本云浩密有異圖。謀泄被誅。蓋南北殊調。乎不詳實故也。故李（脫二叉十另氏中錄補）氏削之。

柳惲傳　子聆以下。本陳書高宗柳后傳。后。偃女也。此蓋見於后妃傳。而于此亦宜及之。故使知帝第及后之故。又聆陳書聆本

本后妃傳同。

劉勔傳　謚曰昭。公按宋書本傳及梁書劉孝綽傳並云忠昭。

劉悛傳　得古禮器銅罍甑甗山銅罍樽銅豆鍾各二口獻之。

齊書甑上有銅字。甗字山下銅字二字無。

劉孝綽傳　洽尋為御史中丞。遣令史劾奏之。按顏氏家訓文

章篇。到洽為御史中丞。初欲彈劉孝綽。其兄弟先與劉善。苦諫

不得。乃詣劉涕泣告別而去。

其三妹。一適琅邪王叔英。一適吳郡張嵊。一適東海徐悱。並有

才學。悱妻文尤清拔。所謂劉三娘者也。按新城王尚書池北偶

誤云玉臺新詠所載劉令嫻詩為光宅寺云長廊欣目送廣殿悅逢迎何當曲房裏幽隱無人聲又胡不至云黃昏信使斷銜怨心悽悽迴燈向下榻轉面闇中啼正為高仲武所云形質既雌其聲亦陰者耶余謂昔人選集詩篇其題名互異未可據之以定桑中之獄

鄧琬傳　胡別遣將王起領百舸攻罕世擊大破之按攻下脫之或重罕世

衡陽王鈞傳　先是貴人以華釵廚子並翦刻錦繡中倒炬鳳凰蓮芝星月之屬廚子未詳何物此傳所載南齊俱不及

始安王遙光傳　臺軍稍至遙光於是戒嚴按齊本南本符遙光文下接言於是戒嚴曲赦都下言臺內子也此云遙光誤矣垣歷生從南門出戰為曹武所擒謂武曰卿以主上為聖明極若為美相者則我當死且我今死卿明亦死遂殺之遙光因歷

生見獲大怒於床上自踈踊後殺歷生兒按齊本歷生奔稍降
害虎軍虎命斬之還光之殺歷生兒蓋怒其降非以見獲也
天下知名之士劉渢〻兼謙〻從劉渢傳改謙
安陸昭王緬傳　數十年來姑蘇未有此政當時已稱吳郡爲
姑蘇則亦不可据楊尹謙以誠王文恪之名志也
南豐伯穎胄傳　啖自內膽至三斗齊本三升
自以職居上將不能拒制蹟等憂愧發疾而卒按昭明太子統
使穎胄之死比於三虔之一則穎胄與梁武同異之間史多没
而不本非必以不能拒制蹟等之故也
蕭穎達傳　自建鄴爲廬陵人脩景智潛引與南歸按梁本景
智及宗人靈祐爲起兵又景智齊本作靈祐
少年懸弧倮化少年未詳年豈日之訛
豫章文獻王嶷傳　時沈攸之賊之上有脱字護獲字

大梁景弟景室皆滿景弟是丙第避唐諱改

使製千字文王命記室蔡遠注釋之按遠梁書蘧

蕭子範傳 其年葬簡皇后使製哀冊文理哀切帝謂武陵侯

蕭諮曰此段並陵弟乃零落唯哀冊尚有典刑勅賚米千石按

是年三月臺城陷五月追謚簡皇后分菩食鴿〻餘賚米千石

似亦虛勅

蕭子顯傳 狀皃甚雅好學甚下筆脫俗字梁書作容皃

從弟黃門郎從梁書還

江夏王鋒傳 五歲高帝使學鳳尾諾一學即工按陸魯望登

澤叢書說鳳尾諾云南齊江夏王鋒旁注一降字未知何意

蕭昭胄傳 同弟賁字文奐按蕭賁梁書無傳梁宗室傳正立

子亦名賁

此家湘東王法曹參軍云云按侯景傳載湘東王敬放中記室

參軍蕭賁諫語云云此際按此是借前筆

廬陵王子卿傳　亦便速壞去且已毋本當時敕詞今去敕曰（凡諸服章自今不啓專輒作者當得痛杖按）云云則語句不復消帖。

王敬則傳　宋廣州刺史王翼之子妾路氏酷暴殺婢滕翼之子法朗告之敬則付山陰獄殺之按孔稚圭傳有白敬則殺兄仲智妾李氏事。

敬則不學有本學上有作字。

吳盛軍容袁文曠斬之傳首　容有本容雅慕其傳亦作軍容南有桓康傳亦作容。

東昏侯在東宮議欲叛有本亦作叛叛字疑非（永良宋按下文急求欲去則叛字必走字或逃字之誤）

張敬兒傳　敬兒兩挾之隨船何有本何上有覆字。

集部曲偵攸之下疑云集部曲頓某地俟攸之下當襲江陵耳。然有本同冊無以證之。

初得鼓吹羞便奏之有本亦得鼓吹上有意知滿足四字。

李安人傳　有本安民避諱改。

曹武傳　曹武字士威下邳人也本名虎頭。按避虎為武下不當復言虎頭。

周盤龍傳　送金釵以十二枚與愛妾杜氏以當讀。或從有本作錫。

荀伯玉傳　卒為忠信士。後隨高帝鎮都。按卒為忠信士。謂竺景秀也。後上以當加伯玉。循叔因白武帝皆言伯玉以聞。按此循叔乃即為太子左率也。

蘇侃傳　寶緯紊宗。神經淡肖序。德晦河晉。歷宣江楚。有本經作宗。淡作越。歷作楚力。幹精潭兩帳泗。精有本晴。

虞悰傳　必存知識。當從有本作必相存訪。

陸澄傳　穀梁小本無俟兩注。存麋略范寧由舊式。按穀梁范

注最善存廩略范此陸王之謬然今廩說略見注疏其存者希矣

陸慧曉傳　陸慧曉年逾三十婦父領選始作尚書郎按慧曉婦父未知何人齊書亦不及。子倕傳云幼為外祖張岱所異然則叔明為尚書郎蓋景山為吏部尚書之日也

吏曹郎令史歷政來諮執選之郎南齊都

陸厥傳　厥與約書曰云云按陸與沈書却與沈意不相值也譏彈詆訶之云豈悉以音韻不合之故耶典論清濁劉楨體勢亦以氣體為言矣賦亦兼文義辭采言之非約等宮商之說厥也辨此當指前人詩等與沈書之合離證之乃明若但緣其一合一了便欲覆其不合不了之間是但為前人作迴護豈明理之談哉

章句意之所從故合也語語多從齊書改故合也而語多然疑

缺一条別紙錄補

文句微異當附体或作放語合乃澤多為近

陸襄傳　出為揚州中從事按劉季連傳言鄧元起至益州受別駕中從事撤者將二千人是別駕下有中從事[illegible]鼐按此是情者等

殺庾晉令王符按又一王符

陸杲傳　何敢以罪人屬南司按中丞為南司

陸杲是臣親通梁書作通親

論　此李氏自撰不用蕭書並脫誤未詳○以意改之支干將所以見重於時貴其立勤（有脫文）於事未能周[illegible]書廚以所識矣叔明持身特身有檢始為人望雖道相傳而為載德者也杲諒直著称筭文以取達亦足美乎云云　鼐按於事上當脫彥深二字

庾杲之傳　任昉嘗戲之曰誰謂庾郎貧食鮭常有二十七種據樂顧之傳則杲乃亦非甘食鮭菜二十七種者

王諶傳　辟諶為迎主簿又為州迎從事上一迎字當是衍[illegible]鼐

按此是惜前筆

孔珪傳　孔稚珪去稚避唐高宗名。

劉靈哲傳　夢見黄衣老公与藥曰可取此食之、按南齊書云夢見黄衣老公曰可取南山竹笋食之。

劉峻傳父琁之、按梁書文学傳峻父珽。魏書劉休賓傳峻（孝標）父琁之。

老夫亦不辯盡此。按辯盡从齊書改盡辯。然疑辯當作辨。蒲莧反。不辨盡此六代語。

八歲則生於大明六年壬寅

齊永明中俱奔江南、按自序云永明四年二月逃還京师，时年二十四。

普通三年卒梁書二年是。

劉懷慰傳。父乘人避民改人。

父乘人冀州刺史死於義嘉之難、懷慰從父休賓初為宋守梁

按此是惜抱筆

孔珪傳　孔稚珪去稚避唐高宗諱名。

劉靈哲傳　夢見黃衣老公與藥曰可取此食之。按南齊書云夢見黃衣老公曰可取南山竹筍食之。

劉峻傳父琁之按梁書文學傳峻父珽。魏書劉休賓傳孝標父璇之。

宋泰始初魏剋青州峻時年八歲按魏剋青州在泰始五年之八歲則生於大明六年壬寅。

齊永明中俱奔江南按自序云永明四年二月逃還京師時年二十四。

普通三年卒梁書云二年是。

劉懷慰傳。父乘人避民敗入。

父乘人冀州刺史死於義嘉亂　懷慰從父休賓初為宋守梁

劉休賓議降魏 怪慰初執不為作降書 休賓卒降 怪慰至延興
中奔江南 詳魏書

劉杳傳 朱建安扶南以南記 按酈注水經河水下引竺枝扶
南記 康泰扶南傳 認詳 唐志亦無。唐志有朱應扶南異物志
古來至今不死 按梁書扶南國傳亦載此 即本朱記 此見七十
八卷海南諸國傳
有人餉昉楮酒而作榐字 按楮引字苑 則二字（楮榐）倒 楮音諮
商溪搽里 搽音砌
張安世傳云持橐簪筆事孝武皇帝數十年 韋昭張晏注並曰
橐囊也 按此見趙充國傳
遷尚書左丞 卒 又自居母憂 便長斷腥膻 按梁書大同二年卒
官年五十九 又云天監十七年居母憂
劉歊傳 子廉牛車載柩 子廉疑即何點遺令 也 但漢書言葬

為小柳宣客下棺不云牛車

劉瓛傳　比歲賢人凋殄比疑也南齊亦作比

上欲用瓛為中書郎使吏部尚書何戢喻旨戢謂瓛曰上意欲以鳳池相處恨君資輕可且就前除少日當轉国子博士便即所授瓛笑曰今聞以中書郎而拜記室豈本心哉按南齊無記室二字博士稱記室未詳又按齊高諸子安成王暠此云記室者仍為暠之行佐也槩按瓛前拜安成王撫軍行參軍公事免戢謂且就前除即指行參軍也則記室自不謂博士

下深不違其意耳

劉璡傳　劉郎子可謂差人梁書亦作差人未詳

竝可驕主主疑王

泰始季年岷益有山崩淮水竭齊郡僧紹竊謂其弟曰至

明僧紹傳　今宋德如四代之季爾誌吾言勿泄也按江左偪之篡宋也而以擬四代謬矣且其時國祚短促皆可以人事覘之亦不待山川之變而知劉氏之亡也

其後帝与崔思祖書亦作思祖疑誤

為小樹宣客下搪不云牛車

遺一則另
卽錄補

劉瓛傳　此歲賈人充秀此疑比年齊亦作此

又上下年尊　按顏師古匡謬正俗云荀爽與李膺書舍館上下

福祚日[illegible]新言上下者猶稱尊卑總論也是以王逸少父子與

人亦多云上下數動靜上下咸宜上者居於尊親下者明謂子

弟而江南士俗近相承與人言議及書翰往復皆指父母為上

下深不達其意耳

劉璡傳　劉郎子可謂差人梁書亦作差人未詳

並可驕主　主疑王

泰始季年岷益有山崩淮水竭齊郡僧紹竊謂其弟曰至

明僧紹傳　今宋德如四代之季爾誌吾言勿泄也按上左區

之篡竊[illegible]而以擬四代謬矣且其附國祚短促皆可以人事覘

之亦不待山川之變而知劉氏之亡也

其後帝與崔思祖書亦作思祖疑誤

仍賜竹根如意筍籜冠隱者以為榮焉按以此為榮何名為隱之
明山賓傳　家中嘗乏困貨所乘牛云云處士阮孝緒聞之嘆
曰此言足使還淳反朴激薄停澆矣按此與東觀漢記所載公
沙穆事相類然一士宗族以鄭重則淺之為丈夫矣
庾肩吾傳、標鈍殊常標梁本儒
覆量文質梁本覈量
劉之遴傳　案古本漢書稱永平十六年五月二十一日已酉
郎班固上按班固傳永平中始受詔潛精積思二十餘年至建
初中乃成不應十六年有本可上若前為人告私改國史而郡
上其書容當有未成之本是時又未為郎也
雜在諸傳表中按表梁本作帙
又今本韓彭英盧吳述云按稱漢書述小顏已正其非思貞之
明審亦有紕謬

詰

古本述云淮陰毅之伏劍周章邦之傑子彥爲彭英仕爲侯王
雲起龍驤接教語亦不及今本
蕭景傳
蕭業傳 零陵舊有二猛獸爲暴無故相枕而死云〻接梁書
永明中錢唐唐瑀之反接虞玩之傳作寓之
無此等皆出于私家撰妄説李氏不知別擇而多采之
蕭藻傳 時鄧元起在蜀自以有剋劉季連功恃宿將輕少藻
〻怒乃殺之接藻殺元起梁武詰責貶号此皆不書
初鄧元起之在蜀也云〻接此梁書所不載
臨川王宏傳 梁書爲宏立佳傳李氏與書共醜惡疑吾家學
侍僅謀謝顧之舊不及旁採也
呂僧珍曰知難而退不亦善乎宏曰我亦以爲然柳惔曰自我
大衆所臨何城不服何謂難乎裴邃曰是行也固敵是求何難
之避馬仙琕曰王安得亡國之言天子掃境內以屬王有前死
一尺無卻生一寸云〻 孚左氏可笑

北軍歌曰。不畏蕭娘與呂姥。但畏合肥有韋武〻即[謂]韋叡也。僧
珍嘗曰。彼婦與吳平為元帥。我相毗輔。中原不足平。今遂敵人
見欺如此。按呂姥〻以下謂顏〻厚矣。

蕭正義傳　初京城〻西京下疑有口字。

安成王秀傳　秀子機見周書。南史母子機嗣又機弟推。按。

南平王偉傳　然人然疾而不能助主與化。按然人然疾等語。
皆當時行狀碑誌中言。乃失於不檢。殆類作奏志[署]葛龔也。

蕭恭傳　軍吏清進恭曰云〻。按此皆當日虐謔〻辭。有司奏
劾是其罪也。梁書亦不載。

蕭泰傳　詳周書

蕭曄傳　寢疾歷年。官曹擁滯。有司奏謚法言行相違曰替。乃
謚替侯。按曄以疾故而加惡謚。殊非前美。乃家狀之虐譽乎。

曄子懿。

論。蓋亦有梁之間乎也[illegible]間乎用河間东乎

昭明太子傳　令僕射劉孝綽議其事｜按劉孝綽未嘗為僕
射為太子僕掌東宮管記故稱劉僕
劉僕議云按梁書作僕射誤
詔遣前交州刺史王弈假節發吳、、興信義三郡人丁就役按
信義梁書作義興按隨志常熟舊曰南沙梁立信義郡
河東王譽傳　兩手據地瞰其臍按梁書作瞰其齋
豫章王綜傳　每念淮陰苗文寵家按魏書作濟陰芮文寵安
定梁話
八月有司奏削爵土絕其屬籍改子直姓悖氏未及旬日有詔
復屬籍封直永新侯按觀梁武之於正德綜政刑之不綱如此
廬陵王續傳　及續薨元帝時為江州聞問入閤而躍屨為之
破尋自江州復為荊州荊州人迎於我境帝救而迷之按據梁
書梁元普通七年為荊州刺史中大通六年為江州刺史太清

元年徙為荆州刺史。嘗讀以是年薨於荆州也。迎於我境疑江
州人著撰之語，李氏不加討量耳。　圓正字明允鈞連屬次同而排比之
武陵王紀傳　圓照字明周鈞連屬於叶遣之之下按未更及紀及此叙
圓照圓正並附紀傳，不宜跳行詳掇武陵子圓肅見周书
樂良王大圜傳愍懷太子傳　大圜子見周书公服中符碧絲布袴褶衣高按此句未詳
王茂傳　性隱不交游按梁书性沈隱不妄交游。
鄧元起傳　羅研字深微，李膺字公肩，皆鈞連屬於按此方重叙元起在荆
州。及羅研、李膺皆附出耳。以此知諸跳行皆刊本之誤。
伐蔣光濟並之還，蹇唱然以曰吾豈鄧艾而及此乎按以同爰
邵為鄧艾古梦語也。
張緬傳　且雁乃之首按雁梁书鵷之嫌音近涉李氏改之
緬抄後漢晉書三十卷按梁书云抄後漢晉書衆家異同為後
漢紀四十卷，晉抄三十卷，此疑脱誤。

張纘傳　帝執四庫本目曰吾讀此書可言優仕矣按梁本帝
作嘗吾作若
至州務公平云々按從云纘性貪婪財述其異績所非虛美
仍檢括州府付度事按梁本無付字度作庶。付度疑云交手替
代之事永樂按交代字見三國志吳志
初纘之往雍州資產悉留江陵按前云纘自湘州赴江陵乃單
舸耳此資產何自攜留
竝捷還齊按齊疑齋
呂僧珍傳　宋季雅罷南康郡市宅居僧珍宅前僧珍問宅價
曰一千一百萬怪其貴季雅曰一百萬買宅千萬買鄰按此蓋
近取要耳非以德鄰也後人以此為口實誤矣
論　克濟陶冶之功按梁本不能成溫陶之舉蓋云不能以溫
嶠陶侃也用予思未允洽然改為陶冶則失之遠矣

沈約傳　范蔚宗不襲班氏叙傳可謂知所裁実休文譜系聽
載於宋書可也李氏胥鈔徒費紙墨
秦末有沈逞徵丞相不就　按始皇之世之時徵丞相似出虛無
稽
漢初逞曾孫保封竹邑侯　按前漢無封沈保侯乎前志沛郡竹
下李奇注曰今竹邑續漢志竹邑侯国故竹又按後漢孝明八王
傳永初六年封彭城王恭子阿奴為竹邑侯
勉為言於帝請三司之儀弗許　按星傳上台司命為太尉中台
司中為司徒下台司祿為司空。梁有丞相太宰太傅太保大
將軍大司馬太尉司徒司空開府儀同三司等官太尉司徒司
尋加特進
空為三府
沈約　天監十二年為特進康學按此集費昇帝傳說白按本傳 魯通則是謂此補字也
十二年卒官年七十三　按生於宋元嘉十八年辛巳

約少時嘗以晉氏一代竟無全書，年二十許便有撰述之意云云。按休文晉書，隋唐志並不載。隋世已亡。

韋叡傳　魏中山王元英攻北徐州，圍刺史昌義之於鍾離，衆兵百萬。按魏書中山王英傳，率衆十萬。

武帝遣征北將軍曹景宗拒之，次邵陽洲，築壘相守，未敢進。帝怒，詔叡會焉。按曹景宗傳，韋叡受景宗節度。景宗先次道人洲，及叡至，乃進頓邵陽洲。湛道根傳：建計據邵陽洲。

江淹傳　彼之二闕　按梁書本文選子

莫不寢仁沐義，照景飲醴而已。下官抱痛圓門，含憤獄戶。按梁書無而已，文選有。余疑已以同文選，又於下官上加而字誤耳。

為宣城太守時罷歸。按梁書有明帝即位，出為宣城太守之郡四年。

又嘗宿於冶亭。按詩品作治亭。

任昉傳　練[西]華冬月著葛帔練裙　按練即句切。此當作練音疏。絺屬。

王僧孺傳　侍郎金元起欲注素問　按素問有全元起注。此作金誤。

范岫傳　父義宋尚書殿中郎、本州別駕。竟陵王誕反，義在城中，子季遇誅。按梁書作兗州別駕。竟陵以大明元年出為南兗州刺史。是時治廣陵也。本州之文，李氏或采於他書，並其上當有自考城居兗州廣陵之文，故承云本州。李氏削之，而言本州，非也。

江革傳　稱同江革文，同革清貧。按同革清貧，梁書作文華清麗。

徐勉傳　註革少賓，字仁來。注。

殷鈞傳　據本傳帖當作殷均。永樂按此數字不似董增情抱于本書跡，不知何人所書，附采之。

拔此

陳慶之傳　慶之到鎮遂圍懸瓠破魏潁州刺史婁起揚州刺史是云寶於溱水披魏本官氏志是云氏後改是氏然北齊作是云寶

梁世宗门達者唯慶之與俞藥　藥初為武帝左右帝謂曰俞氏無先賢世人云俞鈍非君子所宜改姓喻藥曰當令姓自於臣披俞疑榆故曰榆鈍

蘭欽傳　欽子夏礼侯景至歷陽率其部曲邀景兵敗死之披欽又有子京在東魏殺高澄為高洋所臠割而死

朱异傳　簡文帝の言語忍丸詩曰寒袞我王度又寒袞疑衍

徐摛傳　引春秋義至丁丑夫人姜氏至上至字衍或是莊二十四年

王神念傳　时復有楊華者能作驚軍騎華本名白花武都仇池人、又大眼為魏名將披魏本大眼三子甑生領軍征南華當

龍生等之更名也

後宮人晝夜連臂蹋蹄歌之蹄梁書不足

王僧辯傳　景軍內薄苦攻內梁書肉

攻拔魯山元和志以魯山為大別山

類宗頌少有志節恒隨梁元帝及荊州覆滅入于魏按王頌乃

北史從隨書入孝行

羊鴉仁傳　詔鴉仁督土州刺史桓和之按梁書傳作士州梁

武紀作兗州南史武紀亦作土

杜幼安傳　文盛由清口遁歸梁書漢口

王琳傳　梁書不為琳立傳失之矣南史不從北齊入北史而

入梁臣是為不負琳之志乃

請殯死相泣而別泣上脫報字

元帝乃鎖琳送下佚長沙二字

汁落地化為血蠕動北齊書作蠕蠕而動

齊帝勅領軍將軍尉破胡等出援秦州按秦州六合

張彪傳　梁書無傳簡文紀云張彪起義於會稽若耶山

彪率所領客馬始為防閤一客馬疑作馬客見後陳伯固傳

還若耶溪起義舉兵按起兵二字以意增並張纘傳亦有走入

西山義舉之語於本無二字

彪將申進　陳子隆傳作申縉

陳方泰傳　上曰不承則上測按隨書刑法志陳世有贓驗而

不款則上測立并詳後儒林沈洙傳

新安王伯固傳　豪馬客至為亂兵所殺馬客陳書作馬客

始興王叔陵傳　乃取朝服所佩休劍以進休疑作木陳書叔

堅傳作木宋書禮志云晉代以來始以木劍代刃劍隋志亦有

像劍真劍之別

隋

摩訶馬客陈智深近刺叔陵又馬容陈仲華就斬首送臺｜二
容字當從陈书作客
長沙王叔堅傳　又陰令人造其厭魅云〻与陈书微異
周文育傳　因留船蕪湖自丹楊步上梁世丹楊郡治江寧與
与蕪湖相近
○齊遣慕容恃德鎮夏口按慕容儼字恃德
自出豫章據於石頭　此豫章之石頭　子挈嗣　挈若力灼反
侯瑱傳　夜中有流星墜於賊營　李氏脩史不仍陈书呼王
琳為賊耶
黃法氍傳　氍音衢又音俱
吳明徹傳　秦郡人也按六合梁陈為秦郡北齊為秦州
進克仁州　仁州隋彭城郡之鄣今懷遠縣境
魯悉達傳　齊遣行臺慕容紹宗來攻鬱口諸鎮悉達與戰大
敗齊軍紹宗僅以身免按紹宗歿於潁川在東魏孝靜武定六

令

年去梁敬帝乙亥已七年矣

虞荔傳　居於西省（案西疑作東。學業是惜省筆）

傳綽傳　綽長強直有才而毒惡傲慢為當世所疾及死有惡

蛇屈尾来上靈牀當前受祭醊去而復来者百餘日時時有彈

指聲　按此等疑出於當日怨偉之等李氏妄采之

循吏申恬傳　恬宋書恬。以上三人宋書並不入良吏（永辟 拙吉）

翰杜驥申恬三人也

杜慧慶傳　慶宋書度事史宋武紀亦同宋書云交州刺史杜

慧度

甄法崇傳　甄法崇宋書蕭思話傳云自少府為益州刺史南

史同

而法崇為向謬家下疑有脫文

虞愿傳　陛下起此寺皆是一百姓賣兒貼婦〻下宋書有錢字

出為晉安太守　宋書平州（郡志）廣州有永平太守有晉平無晉

平太守南史王秀之傳亦作晉平
郡舊出髯蛇宋書亦作髯
附謙傳第二子貞巧乃識細薇裝轉疑云第二子貞乃巧識細
薇裝轉求堅按巧字句讀則原文亦通
剌鼻不知嚏嚏都麗反
儒林
郭祖深傳　梁書無傳
何佟之傳　何佟之雷次宗並為諸王講喪服何傳仕齊亦為國子助教為諸
王講喪服雷傳徵詣都為築室於鍾山西巖下謂之招隱館使為皇太子諸王講喪服經
沈峻傳　太史叔明少精三元按顏氏家訓勉學篇云梁世莊
老周易總謂三元
文學丘遲傳　是取財之道而獲於敬子按李氏於任昉何以
稱謚
丘仲孚傳　伏暅丘仲孚梁書入良吏傳李氏以枝派編次改

綴文學門例盡失之矣。永槩按李氏既以氏族自相從，則不應立循吏、儒林、文學、孝義、隱逸列傳諸名目。瞻前顧後，自亂其例，勢必然也。

檀超傳　高平金鄉人也。解褐州西曹，蕭惠開為別駕，超便抗禮。　宋南高平郡屬南徐州。宋書蕭惠開傳為南徐州別駕。

又有吳邁遠者，好為篇章。按齊書丘巨源傳載與袁粲書云：吳邁遠族誅之罰，則操筆大禍。疑宋書桂陽王休範與袁粲等書即邁遠之詞，以桂陽之敗遇禍也。

丘巨源傳　仲明陳郡人，撰晉史未成而卒。按齊書王智深傳袁炳字叔明，有文學，亦為袁粲所知，著晉書未成卒，疑即仲明也。永槩按：必是一人。唐世諱炳，故李氏稱字不名。叔仲不知誰誤耳。

王智深傳　掘莞根食之。莞音莧。

崔慰祖傳　帝欲試以頁里。頁音百。

祖沖之傳　子暅之。按隋書律歷志中並作祖暅，無之字。

昭之子皓。按此人豈可不别立一傳，而今隨以綴系乎。

賈希鏡傳　齊末賈淵字希鏡

劉昭傳　昭伯父彤集衆家晉書注于寶晉紀為四十卷。至昭集後漢同異以注范曄後漢。按今但有昭注補續漢志耳

鍾嶸傳　嶸品古今詩為評言其優劣。按嶸為詩品，然無片什傳於後者。隋志别集所列梁有今亡者亦無其目。故知工於鑒裁，艱於自運，不獨嚴羽卿也

孝義

郭原平傳　每為人作正，正宋本匠

周興嗣傳　手疏題為以賜之。為字在手字上。題下脱方字

樂頤之傳　吏部郎庾杲之嘗往候頤，頤為設食，唯枯魚菜菹。杲之曰：我不能食此。按食鮭菜二十七種者，乃又不能食此耶

蕭矯妻傳　同里王礼妻徐，荒年客死丁陰，為買棺器，自往斂葬。丁一作山。按云自往，又云客死，則山字是

隱逸陶潛傳　陶潛字淵明，或云字深明，名元亮。按李氏本有不諱淵者，此數字疑不學人妄改。余意此龍衮宋本當云陶潛字

深明或云名深明字元亮。周續之傳亦曰深明。顔延之陶徵士誄有晉徵士陶淵明亦以淵明為名。晉書陶潛字元亮。按葉少蘊吳斗南辨證淵明名字所引南史並與今本同。

江州刺史檀道濟往候之云云按檀道濟乃晉宋書不載昭明傳有之

田園將蕪胡不歸將宋書荒舟遙遙以輕颺上遙字宋作超有酒盈罇盈宋作停策扶老以流憩憩宋作偈農人告余以春及春及宋作上春將有事乎西疇乎晉書作于宋作於

孤欲邀延之一坐彌日不可二句宋書無增二句欲以顔延重淵明耶

元嘉四年將復徵命會卒按宋書潛元嘉四年卒年六十三

宗少文傳　少文名炳李氏避唐諱不稱其名

周續之傳　入廬山事沙門釋慧遠按陸德明釋文云周續之

雷次宗同受慧遠法師詩義。今正義鄭氏箋下載之。

時彭城劉遺民遁跡廬山民避俗作人。

江州刺史每相招請，讀之不尚峻節，頗從之遊。可讀之從檀韶（嘗嵇康高士傳所出處之美，因為之注）

之請講禮校書於馬隊之側，見識於淵明者，豈非取適而不貴

介之意耶。

劉凝之傳　小名長年生　宋本長生年

夫妻共乘蒲笨車　宋本蒲作薄

漁父傳　此等同之寓言，史當徵實，范氏漢演陳留未可為例

杜京傳　建武二年，剡縣有小兒年八歲，與母俱得赤斑病，母

死，家人不令兒知。小兒疑之，因自投下床，扶匐至母尸側，頓絕

而死。按何不入孝義。赤斑疑即今之痘疹也。趙宋東平董汲

有小兒斑疹論一卷。

臧榮緒傳　以置秘閣上疑有脫字。

沈麟士傳　吾誠未能景行坐忘何爲不希企日損援景行坐忘便是從人誤用景仰也

阮孝緒傳　亂人將失傳重援當時非世爵亦云傳重矣

年十六父喪〃〃疑指彦之

南嶽鄧先生傳　此等何爲采入視漁父尤不情矣

范元琰傳　或有涉溝盜其筍者元琰因伐木爲橋以度之与孝義傳郭原平事相類永堅樓先十三世祖婺軒公有以板渡瀨人盜菜之事与此亦類

張孝秀傳　遇刺史陳伯之叛孝秀与州中士大夫謀襲之之疑即陳元忠襲伯之事

伯之尸其母郭以蠟灌殺之孝秀入匡山修行學道常冠穀皮巾躡蒲履手執并閭皮麈尾服寒食散備有戒律者集衆佛前作羯磨而笞之援是自殺其母也嘗執麈尾常茂服寒食散笞既徒豈非喪心

恩倖傳　於時舍人之論在云云以下悉皆采南齊

外司領武官有制局監外監領器仗兵役亦用寒人按奄人為內司內監故此曰外此傳末所云外司乃外朝臣也永槩按此是惜翁筆

徐爰傳　詔曰桓元傳宜在宋典按爰議偽元篡竊同之新莽雖靈武克殄自詳之晉錄

梁武之世故無刀勅之倫權柄並以徐爰類之則朱异亦當入此傳也永槩按此是惜翁筆書在周石珍傳上方以與石珍傳不相涉故不標明

論　論亦承用蕭書

夷貊傳　海南諸國云云承用梁書

叙林邑及扶南諸國較看書為詳

林邑國傳次浮者棧香梁作棧

扶南國傳長頸王乃据劉杳傳則本朱建安扶南以南記

更隸國內起樓觀游戲之朝旦中晡三四見客梁書同余疑之字非永槩按之下疑有脫字朝屆下讀言此三四時均可見客也

其後有西河離石縣胡人刘薩何至即是武帝所聞者也據其
文則武帝所聞与刘薩何所見亦已不相合矣
干陁利国梁武紀作于梁书干
婆利国傳　王姓憍陳如按楞嚴憍陳那五比丘說者云憍陳
那姓也此云火器其先事火從此命名永懸按此条不解火器之語須檢楞嚴經
天竺迦毗黎国梁书無
東夷高句麗傳　其国無牢獄云云從魏志增
還居古韓地梁书亦作古記詳
新羅国傳　自稱使持節都督倭百濟新羅任那秦韓慕韓六
国諸軍事安東大將軍倭国王按任那下梁书有伽羅二字
其南有侏儒国人長四尺四上梁有三字
武興国傳　楊靈珍據泥功山歸齊從梁书作泥功是
末国傳　據漢书云且末去長安六千八百二十里按隋书

吐谷渾都伏俟城在青海西十五里。青海周迴千餘里。吐谷渾

地並鄯善且末。又隋煬帝竄虞鮮於且末。

波斯国傳　戴天冠，梁作大冠。

賊臣侯景傳　先攻馬頭、木栅，執太守刘文神茂、戍主曹璆等。按

此太守刘神茂即前馬頭戍主耶。文

遂襲譙州助防董紹先降之。昫，梁书作助。

南浦侯推是日遇害。梁书亦作推。永緊枇朱筆改持。

同共吹唇唱吼而上。按善注刘孝標辯命論左帶沸唇云：有梁

之間通，以虜為沸唇。

劉神茂降，以送建康。景為大剉碓，先進其脚，寸寸斬之，至頭方

止。按刘神茂即前馬頭戍主耶。是有天道。本傳前馬頭戍主刘神茂為市賂所不容

將軶之久乃釋。馳劝景誘執黯。景於是入梁矣

殺之。送於王僧辯。疑長出此七字，或殺之上有脱文。

熊曇朗傳　时巴山陈定亦擁兵立柴。々陈书作寨。据説文解字徐楚金説則立柴為是。

陈初以南川豪帥。陈书亦作川。疑作州。

姚鼐

惜抱軒題跋

姚惜翁閣貼跋尾

惜抱軒尺牘補遺

姚鼐

簡介

姚鼐（一七三二—一八一五），字姬傳，室名惜抱軒，安徽桐城人。乾隆二十八年（一七六三）進士，歷任禮部主事、刑部郎中、四庫全書館纂修官。乾隆三十九年（一七七四）辭官歸里，歷主揚州梅花、安慶敬敷、徽州紫陽、江寧鍾山諸書院凡四十年。嘉慶二十年（一八一五）卒於江寧。姚鼐爲文高簡深古，著述宏富，是桐城派散文的集大成者，與方苞、劉大櫆并稱『桐城派三祖』。他借鑒朴學大師戴震的觀點，提出義理、考證、文章三者不可偏廢，并進一步指出散文寫作中『神、理、氣、味、格、律、聲、色』的八字訣，桐城派文論至此定型。

惜抱軒題跋

一卷

惜抱軒題跋

《惜抱軒題跋》一卷，馬其昶輯，民國二十二年（一九三三）姚翁望鈔本。一册。半葉八行，行二十四字，無框格。開本高二十七點五厘米，寬十五點一厘米。内封題『惜抱軒題跋，癸酉夏日鈔藏』，旁鈐『翁望』小印。首有光緒五年（一八七九）馬其昶題識。

馬氏題識云：『先生撰著刊刻略備，惟題跋散見，未有輯録。其昶頻年搜集，文字放佚，千不一存。昔梅伯言有云：「姚先生翰墨不必皆絶於人，要其清通之氣，非人所及。」今録其率爾題識，非先生意也。然以梅氏之言觀之，則即殘稿剩墨，亦可窺見先生之藴，況皆足以資考論而益學者，不尤可珍貴哉！然而惜其散亡者多矣。光緒五年二月馬其昶記。』此本所輯多爲姚鼐題於碑帖上的論書之作，間有碑帖釋文，亦有數篇詩文之題跋。書成後不見刊刻，因此流傳不廣。道光三年（一八二三），陳用光曾言，除已刻先生筆記外，續有訪得，『并取所題識於各書簡端者彙録之，將以附於筆記之末，今尚未卒業，乃先識於此』。（《惜抱先生尺牘序》）然今存各本未見。

姚翁望（一九一〇—一九九二），姚永概次子，師從何養性，中華人民共和國成立後任職於安徽省博物館。

惜抱軒題跋

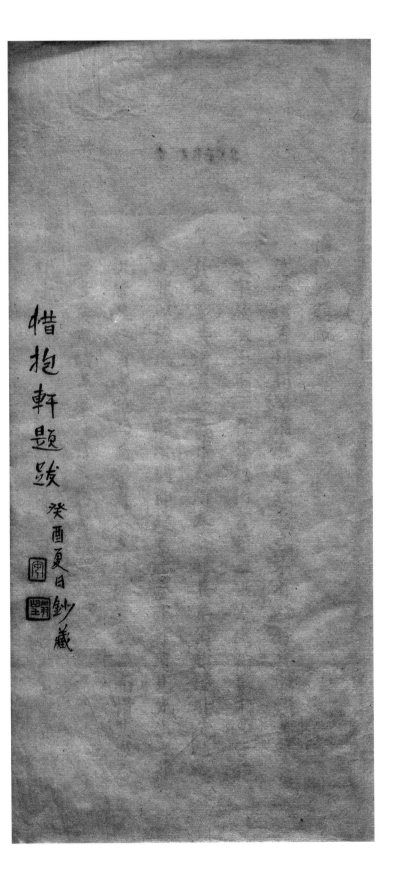

癸酉夏日鈔藏

惜抱軒題跋

先生撰著刊刻略備惟題跋散見未有輯錄其昶頻年搜集文字放佚千不一存昔梅伯言有云姚先生翰墨不必皆絕於人要其清通之氣非人所及今錄其率爾題識非先生意也然以梅氏之言觀之則即殘藁賸墨亦可窺見先生之蘊況皆足以資考論而益學者不尤可珍貴哉然而惜其散亡者多矣光緒五年二月馬其昶記

抱朴子

此書非盡葛洪之所為也洪蓋才智之士生晉世值世胄躡位之時風俗偷儆不勝憤慨著書略同王充王符之體主於論時事而旁及神仙道家蓋憤嫉而有托焉耳本非有內外篇也其分內外篇殆晉宋閒妄道士取其書分晰之而又雜采邪妄之說及諸符記悉托之於洪洪雖差有好奇之病而何至所見謬妄若是哉余欲芟去其怪迂鄙誕之詞不分內外篇以其書附之雜家不入神仙家庶足以存葛氏之真而知其用心之所在矣嘉慶甲子七月十七日姬傳鼐記

趙文敏書玄妙觀三門記

牟巘字獻之宋大理少卿入元不出此記有維皇建極亦泛語耳趙文敏遽為提行非其意也

文敏此書雖效法李北海然其用筆時有鈍滯似去北海猶遠吾獨愛其額書八篆字殊妙耳

凡學書者功力至子昂蔑以進矣自是以上蓋天授非人力也

文敏姿媚之中殊存厚重儆之者乃愈佻愈滯是兩失之道也

吴天發神讖刻文

吳天璽元年刻石文世傳皇象書本就山刻石其石圜長環而刻之非碑也而俗呼天發神讖碑吳志載孫皓天璽元年歷陽山石文理成字二十又陽羡山有石文之瑞蓋皓以無道好佞羣下妖妄競作此神讖亦天璽元年出史偶遺耳當時詭託事多不可勝載也其前書神讖五十七字繼記其始見及識其字者之事最後列臣下銜名蓋為是記者其官蘭臺東觀令按皓東觀令華覈天冊元年免次年天璽此繼覈為東觀令而其姓名皆缺蝕謟子為欺名不著於後世其幸也自是五年晉滅吳

後不知何時石斷而為三棄於野宋人取而置諸漕使之署明時置江寧縣學尊經閣下嘉慶十年余來江寧其秋閣燬於火石為燼矣此本猶未燬時所拓茲後拓本不易有矣

言天下損缺十一字　日月下損缺十一字　丙日下損缺四字　平予下損缺一字　山川下損缺一字　天癸神讖文此五字目上文上文計見存字及所損缺計當有六十一字而後記言五十七字蓋石文五十七而記者目為上天帝言故多四字也　元年桼下缺月字梅釋存　十四日下損缺四字　郎將

丹下損缺十一字蓋言始見此石文者丹陽人其名廣其姓缺
其官蓋建武中郎將中郎將在漢為貴官而吳是時蓋亦卑冗
亦竈下養之類覯此記所言令史乃可以得之矣　廣省下損
缺二字　廣乡下缺一字　解解上當是未字缺上半　字吕
下缺一字為桼字梅釋猶存　廿三日下遺字損下缺二字
文字上係解字損　忠中下郎字缺梅釋存　陳治下缺三字
復有下缺一字　八月一下日字缺梅釋存此下以詔提行
其有缺字或無缺不可定　書郎行下缺一字疑是偏字蓋裨

將軍進一等爲偏將軍也　關下內侯二字損缺梅釋存又九
字損梅釋存　行視叜下得世二字損缺梅釋存　五十下參
字二字損缺梅釋存　尉姜下缺損二字　皋儀下損缺二字
孫權信用校事呂壹爲下所怨謗朱據傳稱典校呂壹然則典
校即校事矣此所舉七人蓋是猥雜小吏　楷賀下缺一字
丞許下缺一字下尉字損梅釋存　溪甄下損缺二字　命昭
下缺一字疑告　娘天下缺一字疑讖　故就下缺損四字
銘敷下垂億二字損億下缺一字疑是載自天璽元年至此合

見存及損缺約百七十餘字記其事也本文謂之銘古人不必有韻之文乃稱銘也　東觀令下缺十一字梅釋尚存吳郡二字　九江朱下缺損十一字梅釋尚存工是半字　又東字　自蘭臺東觀令以下是列記者銜名當有三十餘字而其末損缺之字不可知其多寡

此石斷讀者苦不能通余故人宣城梅石居悉心考尋聯而釋之專刻一紙其所見前於予數十年石本較此拓多數字今以所刻附此拓本之後

此書世稱皇象。象字休明，吳志趙達傳後注引吳録載其名，與達等同時稱為八絶，然則象亦是吳大帝時人，至天璽之時四五十年矣。此果出象手，未可定也。其書體勢頗與夏承碑相似，不可謂之篆，正亦是八分耳。

王子敬辭令帖

此帖舊題辭中書令，非是，乃辭尚書令也。晉時尚書令任重於中令，故子敬為中令，不辭，而尚書令則辭。尚書乃建立政治之本，中書主陳奏發詔而已，比今制尚書略如軍機處，中書略如

奏事處也朕此亦在人君委任若因奏事而與評論得失權衡
進退則中書更親於尚書此荀勗自中令遷尚書令悵為奪鳳
皇池也若孝武時中令自不甚任事權故子敬乞假表有不同
弁急之語豈若尚書令之執要哉子敬辭尚書必更有表此乃
書也按晉書孝武太元二年尚書令王彪之卒意使子敬為令
即在此時時王蘊為徐州刺史此書自稱州民必是與蘊蘊乃
后父乞蘊言於帝使遂其辭也孝武紀自彪之卒後至太元八
年以謝石為尚書令中五六年未有令疑子敬固辭遷延歷歲

故此帖引蔡謨辭司徒之事自比而其時謝安以中書監錄尚書事晉時錄尚書或六條七條非必盡總諸曹任蓋不如令而其時既不置令殆謝公總諸曹乎故謝公出然後以石為令也是帖未見古摹此乃明嘉靖中吳章傑摹本多姿媚而少古韻乃有唐李北海等筆法竊疑非子敬蹟也

褚登善陰符經

此書故不劣然實非登善蹟也唐時書學最盛虞褚之體習者尤多二氏之徒往往偽作假名臣以自重其書按褚公在永徽

其職任最重者同中書門下三品也今若以非本官不入銜則監修國史亦不必入銜矣唐封爵以古國爲名如褒鄂燕許則但稱某國公非古國則曰某郡縣開國某爵故褚公之爵爲河南郡開國公僞書者以褚之族望出於河南遂於郡下直接其名不知臣於君前列銜無舍爵稱郡望之理此猶僧徒僞虞書破邪論列其銜曰太子中書舍人不知世無此官僧道謬妄無知夫亦何恠而自宋至今書家更無一人悞其詐斯則異矣

鬱岡齋帖弟一鍾繇賀捷表

戎路表識有筆意肰恐止是唐以後人書或通傳臨摹　微存
髣髴則不可知魏人古厚之韵豈第如此其唐人列銜則必是
僞作凡尚書省行文書卑官在尊官前者卑官先閲案也若館
中藏古帖刊刻宰相本不應列銜即詔使列銜必宜在前如聖
教序之例安得如行下告身例乎此作僞者欲以售其欺而反
露罅隙耳
叅字作桼唐人固已有俗體肰未有從心者
樂毅論第一本

此卷或疑是王著書肰無確據大約不出宋後人無唐賢氣韻也　此本是昔人臨書盖本無臨者姓名其褚遂良記乃俗人偽作以求售耳董香光知偽記之陋劣為馮氏刻快雪帖將此書分疏字行又偽作褚跋於其後以作狡猾欺人視此記固為雅矣然其不足以為褚書則亦同焉耳

樂毅論弟二本

以禮終始脱禮字遇也下脱夫千載一遇之世七字盖右軍元本肰耳　舉國不謀其功謀即是謀字破體唐諱世世多作丗

肰後二字相混此臨書者亦宋後人遂誤以諜為諜 小字莫
作癡凍蠅樂毅論勝遺教經此卷得其意肰此是涪翁以後人
聞涪翁之語而為之者也 此卷臨本勝前卷多矣吳明卿餘
清齋刻不逮此刻而末有付官奴三字吾疑非王氏遺脫乃吳
故增欲以相異耳

欝岡齋刻月儀章

索靖月儀唐人月儀宋紹聖時以入秘閣續帖吾見續帖殘帖
正存此二卷欝岡帖似即翻秘閣續帖所刻精好宋刻亦不過

爾也肰吾以謂此併是唐人書耳索靖書王世将携得數行過江以為至寶矣安得唐後反存如許字耶元章謂其不能高古誠為精鑒　宋本藏伊墨卿太守家文多於此此所本蓋又殘本也墨卿本內有用鬱陶依偽尚書注以鬱陶作憂思意西京焉有是哉

鬱岡齋帖弟九晉右軍将軍羲之書

逸少係右将軍非右軍将軍方慶以膏粱世胄首為此誤信由不學也　左右前後将軍在雜號将軍之上左軍右軍前軍後

軍在雜號将軍之下六朝以授武人耳　樂毅論僞褚跋宋人
所爲固不知官制者高宗時僧徒集聖教尚不誤況褚公乎

右軍初月十二日帖釋文

初月十二日山陰羲之報近欲遣此書停行無人不辦遣信昨
至此且得去月十六日書雖遠爲慰過臘卿佳不吾諸患殊劣
劣方涉道憂悴力不具羲之報

梁中書令臨汝安侯志一日無申帖釋文

一日無申祇有企厲雨氣方昏得告深慰吾夜來患喉痛憒憒

何理晚當故造遲敘談懷反不具

此帖余與方染露釋其首行久思未悟染露歸告其室張孺人張釋出之此亦閨闥之佳話也

唐虞世南汝南公主墓志銘

此真蹟明時藏常熟嚴相公家今入大内矣嚴氏刻石今尚存肰不及此刻

虞世南積時帖釋文

積時傾心非翰墨所具歲陰寒重願恒清暢政事之暇故有賞心世南衰羸日甚但有困劣未近展接增其潜泣深敬明德信

便願雲數字慰其延首賢子慕具見朽弊不陳萬一虞世南呈
十二月廿五日　若有新製願覺示　覺字摹脱末一點
虞世南永公帖釋文
永公塔後便爲筆塚韋十若至師叔勿以拜塔世南諮淳化閣
法帖一
曹士冕法帖譜系言紹興中以御府所藏淳化舊帖刻板置國
子監首尾與淳化閣本略無少異字畫精神極有可觀碑工往
往作蟬翼本今此帖蟬翼摹拓甚精疑即紹興國子監本也祖

帖豈易可遇若此蓋祖帖僅次殆可匹潭絳者亦良可寶矣嘉慶丙寅八月朔惜翁　頃得明吴之芳茂倩所撰釋文考異所載泉本石裂損處一一與此本符合肰則此爲泉本無疑但泉本有二一洪武四年泉州知府常性所摹刻一曰閣帖十卷宋季南狩遺於泉州石湮池中久之時出光恠櫪馬驚怖發之得石帖泉人名其帖馬蹄真跡此本未知是常性所摹耶抑是宋摹入明爲馬蹄帖耶丁卯八月廿八日惜翁

西晉宣帝之白帖

残斷文不可讀虛舟以首二字定爲張芝書豈信然乎

東晋簡文帝慶賜帖

此當是升平元年穆帝加元服之慶賜時簡文撫政與朝賢書耳

唐太宗夜来胸氣帖

黄長睿云高宗永隆元年七月江王元祥薨即此帖江叔也此正高宗書

唐太宗懷讓帖

翁林云懷讓豆盧寬之子高祖女長汝公主之夫　余按此文
皇行在途中書房遺愛右衛將軍宜從行其婦高陽公主也故
報之奴即高宗矣
唐太宗藝韞多材帖
長睿云亦高宗書高祖弟十九子魯王靈夔善草隸帖所謂藝
韞多材也藹魯王次子范陽王也
唐太宗枇杷帖
長睿亦以為高宗書翁林以為高宗與蔣王惲

唐太宗東都帖

翁林云東都隋置武德四年廢高宗顯慶二年曰東都此帖定是高宗書

陳長沙王陳叔懷梅發帖

長睿云陳長沙王叔堅無叔懷觀帖作名處疑是叔慎叔慎宣帝子岳陽王也　宣和書譜稱梅發一帖娬媚而藏勁氣

淳化閣法帖二

王允之父舒喪除義興太守以憂哀不拜從伯導勸之允之固

不肯就今此卷内王丞相前一帖亦勸人奪情者或即與允之

耶

張芝今欲歸帖

首十一字自為一帖餘不可讀

張芝八月九日帖

足下下釋爾摸失大觀正為　平下釋善廣閑彌邁想思無盡前比

得書不　西行下釋望遠懸想何日不懃捐棄湮没不當一又

去下釋春送舉喪到美陽須待　故遂下釋簡絕有緣復相聞

米以為真長睿云疑亦先賢摸倣

後漢崔子玉賢女帖

米以為齊梁人書

魏鍾繇得長風帖

長睿云得長風帖乃逸少早年書未變鍾體米云齊梁人書非也按長睿說亦小失逸少此帖正與兄靈柩垂至帖四月五日帖同時計王敦敗籍之死又三十年大抵逸少官為會稽時在官故兄柩至不獲臨也豈少時哉　郗還未卜此下當更是一帖亦右軍書

吳青州刺史皇象

吳安得有青州張懷瓘書斷云皇象吳侍中

皇象文武帖

長睿云皇象文武帖寓高彪送幽州督軍御史第五永箴下脱

二十六字張懷瓘目以沈著痛快真得其筆勢

皇象頑闇帖

㠯象　言下釋頑闇空薄　以下釋年　凡百下釋乖檝　無

下釋所　中下釋宜特蒙哀傷　殊下釋異　之下釋遇　安

感下釋騎乘　之下釋懽遊息　之燕下釋淳和足使忘軀命
榮觀足　心下釋瞀延望　翹翹下釋念在效報　力以下釋
荅　新下釋恩　長睿云皇象章草一表唐人偽作正與世傳
曹植書鶡雀賦同

晋桓温大事帖

之日下釋僕　都下釋謂　無所下釋復見慰勞又計時事也
逐節郎来已具言意餘所慰勞諸都督邊將粗當爾耳僕無所
復須庶意

晋王導省示帖

省下釋示具卿辛酸之至　吾下釋守憂勞卿此事亦不蹔忘
然書足下亦欲致身處尚在毁　王下釋制　正下釋自欲不
得許卿　天明下釋佳　導白下釋改朔　增下釋傷　感下
釋濕忝匈　何下釋如頗　懸下釋耿　連下釋示勞懣悶

晋王敦蜡節帖

敦　忽過下釋歲暮感　悼下釋傷悲　如常下釋比　若腰痛

晋郗愔九月七日帖

食下釋進

郗愔廿四日帖

悉下釋達

郗愔想親親帖

親親下釋悉如常　親親猶言衆親晉人語亦見他帖

晉郗超遠近帖

此帖米元章書史以爲李懷琳僞作

晉衛恒一日爲恨帖

書史云劉涇倅鄭王貽永侍中孫爲守得摹帖一卷乃胄曹參軍李懷琳僞作七賢帖又有李氏衛帖次郗超帖亦摹在閣帖中次陸機衛恒帖衛亦摹入閣帖皆真觀閒一種僞好物

晋謝安六月帖

米云前帖真後六月帖僞書前帖係每念一旦帖

謝朗等謝万兄子也万與書自稱父宋王球語兄子履曰阿父在汝何憂其稱同此

侍中在唐宋為門下極貴之官在魏晉南朝官非極貴但親近耳正直四人其公卿以之為加官非正職也王著以唐宋之制類之於古人是以於王廙杜預等率題侍中蓋不達古今之制異耳

淳化閣法帖三

黃長睿謂此卷偽帖過半自庾翼後一帖沈嘉杜預後一帖王脩劉超司馬攸劉牧之劉瓌王劭紀瞻王廞張翼陸雲山濤下

壺十五家皆一手書余備員秘閣見一書凾中盡此一手帖以
澄心堂紙寫每卷題云倣書第若干此卷僞帖及他卷所有僞
帖皆在焉盖南唐人聊取古人詞語自書之爾王著輩不悟其
非但採名雜載真帖間可勝嘆哉余按長睿所喚侍書之謬誠
當但既云倣書亦必是臨摹微有所本非取古語書之也

謝莊宋人而列晋大觀已改正其書末題左僕射計希逸仕宋
文帝孝武帝之世文帝時王敬宏孟覬何尚之為左僕射名輩

甚前希逸與書不得自稱弟也孝武時左僕射有建平王宏劉遵考褚湛之劉延孫推希逸之氣類此書其與褚湛之乎

淳化閣法帖四

此卷首王筠書當是僞作其云和南者是與僧徒也按古人於時節哀思父母故與弟兄族屬述其哀慕言兩情略同也豈所施於僧徒哉此作僞者見古帖多有是語而移合於與二氏之書則甚不通正恐是李懷琳所作衛夫人書之類耳

褚遂良山河帖

長睿云此後人集褚書枯樹賦字

薄紹之與羊欣同時大觀固已改題宋給事中矣本帖智果書

書評内即有之不知何以猶誤稱唐人也

淳化閣法帖五

閣帖於右軍名蹟如蘭亭樂毅等率不載者謂所摹皆墨迹不

以拓帖轉摹也而此卷蒼頡禹書何為哉以裴公紀德頌為籀

斯之蹟殆皆妄人為之而侍書又為所欺耶

首卷帝王帖以其皆手詔也此卷隋文帝與雙林寺僧不過當時書手之筆殆非文帝所能作列於此卷謂之隋朝法帖最是王翁林乃謂應序入首卷王著之失固多矣至此處翁林之識更出王著下耳

史籀書

樓鑰云黃秘書謂李斯十八字乃李陽冰篆王密所撰明州刺史河東裴公紀德碣中字是已此史籀書即此碑額中字也歐乃碧落碑唐字陽冰最愛碧落碑故用之其餘字皆在但無易

字疑以明字疊成秘書未舉豈未考此碑額耶

秦程邈書

按衛恒四體書勢或曰秦程邈以大篆爲小篆或曰邈所定乃隸體也然則邈所書體尚未可定況有其迹耶以王著之謬采而程迴據此以今真楷體爲出程邈則可笑矣

衛夫人書

顏師古注急就篇序云舊得皇象鍾繇衛夫人王羲之所書篇本然則唐時有衛書存而李懷琳因僞造此帖屬僧智果書

隋僧智果書

智果書笑春索下脱静書如飄風忽舉鷙鳥乍飛鍾繇書如雲鶴遊天羣鴻戲海行間茂密實亦難過耶共三十二字此後又缺何氏帖投老殘年兩帖米元章以爲歐陽率更令書又缺蔡文姬一帖又缺古法帖敬祖鄱陽兩帖敬祖帖重見第十卷大令書内鄱陽帖元章亦謂是大令書也又孤不度德帖寓蜀志其一半已分入大令卷中又缺僧懷素書張旭書又古法帖移居足下二帖元章以謂羊欣書吾不敢信此並是本帖殘失者吾購得此本其缺者不可復補也

吳茂倩法帖釋文考異云智果書笑春索下泉本缺下半卷是則此卷之損久矣

智果書程邈增減篆體志其名名之曰隸意謂此書隸所造也與便於徒隸之説不同志字淳化誤刻作忠字大觀帖改正之又淳化脱曰字止作一點皆以大觀爲是

淳化摹刻時若轉摹古刻則三代未嘗無金石文若必收墨蹟當托始鍾太傅雖或未真然理猶可言至漢人筆蹟唐已無之

況周泰乎

淳化閣法帖六

此卷首十餘行米元章姜白石等俱斥其僞殆是定論無可奪之理至奄至帖乃許為真而此帖末悲酸下引筆作重字其筆勢猶可見而明世摹閣帖者不知是字以為石裂痕而去之

日月如馳帖

摹者下釋疏酸

省别帖釋文

省别具足下小大問為慰多分張念足下懸情武昌諸子亦多遠宦足下兼懷並數問不老婦頃疾篤救命恒憂慮餘粗平安知足下情至

省别帖老婦頃疾篤救命當時言病重為救命語又見謝玄傳然右軍郗夫人壽乃最高世説新語載其事

旦夕帖釋文

旦夕都邑動静清和想足下使還具時州将桓公告慰情企足下數使命也謝無奕外任數書問無他仁祖日往言尋悲酸如

何可言

諸從帖釋文

諸從並數有問粗平安惟脩載在遠音問不數懸情司州疾篤不果西公私可恨足下所云皆盡事勢吾無問然諸問想足下別具不復具

諸賢帖釋文

此諸賢粗可時見省甚為簡闊遠頃異多少患而吾疾篤不得數為歎耳

宰相安和帖
凡懷恙時兩行前後誤
譙周帖釋文
云譙周有孫高尚不出令不令人依依足下具示嚴君平司馬
相如楊子雲皆有後否　十七帖今字下有爲所在其人有以
副此志十字閣摹盖脱十字又孫字下有一字損不可識末有
後正相接無空字
散勢帖釋文

知足下散勢小差此慰無以為喻云氣力故爾復以悒怛想散患得差餘當以漸消息耳

頃無一日帖釋文

吾頃無一日佳衰老之弊日至夾不得有所噉而猶有勞務甚劣劣

連不快帖釋文

知足下連不快何爾耿耿善將適吾積羸困而下積日不斷情慮尚深殊乏自力不能悉

小佳帖釋文

小佳更致問一一適脩載書平安

月半帖釋文

月半哀悼脱一兼至奈何奈何得告承復下懸耿至匆匆凡不具

鄉里帖釋文

今遣鄉里人往口具也

行成旅帖

長睿云此賈曾送張説赴朔方序當是後人集逸少書姜白石
云此帖墨迹尚在秘省乃流俗書非集右軍

闊別帖

山谷云此好事者戲為之耳書未為甚惡而以亂逸少則不可

公與帖釋文

公與虞休意書有所問足下旨為致誠荅令旨意致來勿怠此
意自決令以資嚴知小大疾患念勞心

建安靈柩帖

姜白石云此墨迹在王順伯家

昨得一日帖釋文

吾昨得一日一起腹中極調適無所爲憂但顧情不可言耳

侍中帖釋文

侍中書　涂侯遂危篤恐無復冀深令人反側

敬豫帖釋文

敬豫乃成委頓令人深憂

近因鄉里帖釋文

近因鄉里人書想至知故面臞耿耿今差不吾比日食意如差
而骭中故不差以此為至患至不可勞力數字令弟知問耳
絳帖評以諸賢粗可帖散勢帖及此帖云三帖書有頓挫鋒勢
雄俊真右軍名蹟
疾患帖釋文
疾患差也念憂勞
想弟帖釋文
想弟必有過理得甦寫懷若此不果後期欲難冀臨書多嘆吾

不復堪事比成此書便大頓

重熙帖釋文

適重熙書如此果爾乃甚可憂張平不立勢向河南者不知諸侯何以當之熙表故未出不恱荀侯疾患想當轉佳耳若熙得免此一役當可言淺見實不見今時兵任可處理

二謝帖釋文

二謝在此近終日不同之此歎恨不得方回知爽後問令人怛怛

追尋帖

追尋帖將無復賴司州帖公私之望無賴賴字皆書作理二王帖中故多古字也

郗曇為荀羨軍司羨疾薦使代已適重熙帖熙表字上疑脫去一薦字右軍呼羨為荀侯意蓋輕之耳

淳化閣法帖七忽然秋月帖釋文

七月一日羲之白忽然秋月但有感歎信反得去月七日書知

足下故羸疾問觸暑遠涉憂卿不可言吾故羸乏力不具王羲之白

徂暑帖釋文

徂暑感懷深得書知足下故頓乏食差不耿耿吾故爾耳未果為結力不具王羲之白

月半帖釋文

月半念足下窮思深至不可居忍雨濕體氣各何如参軍得針炙力不甚懸情當深寬寄晴通省苦遣不具王羲之白

長素帖釋文

長素差不懸耿小大　也得敬豫九日問故進退憂之深

知念許君帖釋文

知念許君與足下意政同但今非致言地甚勅勅亦不知范生
比居職未以卿示輙便及今吾尚不能惜小節目但一間無解
已又亦終無能為益適足為煩潰足下呼爾不

每念長風帖釋文

每念長風不可居忍昨得其書既毀頓又復壯温深可憂

謝生帖釋文

謝生多在山不復見且得書疾惡冷耿耿想數知問雖得還不得數可嘆

初月二日足下時事吾怍足下前從洛四帖

米元章云此下四帖皆僞

十一月廿七日帖釋文

十一月廿七日羲之報得十四十八日二書知問為慰寒切比各佳不念憂勞久懸情吾食至少劣劣力因謝司馬書不具羲

之報

十月七日帖

米云集成

皇象帖釋文

皇象草章旨信送之勿忘摹有先當付良信

遠婦帖釋文

遠婦疾猶爾其餘可耳今取書付想具

阮生帖釋文

阮生何如此粗平安數疐問為慰

君晩帖釋文

羲之白君晩可不想比果力不具王羲之白

足下尚停帖釋文

云足下尚停數日半百餘里鈎摹有失瞻望不得一見卿此何可言

足下疾苦晴便大熱小鈎摹有失舩中至不易可得過夏不甚憂卿

還具示問

足下小大佳帖釋文

足下小大佳也諸疾苦憂勞非一如何復得都下近問不吾得敬和廿三日書無他重熙住定為善謝二侯

省飛白帖釋文

省飛白乃致佳造次尋之乃欲亂本無論小進也稱此將青於藍

七月六日帖釋文

七月六日羲之白多日不知問邑邑得三書知足下比問耿耿今已佳也

期已至帖釋文

期已至遅遅具足下問耳

鄉里帖釋文

鄉里人擇藥有發夢而得此藥者足下豈識之不乃云服之令人仙不知誰能試者形色故異莫有嘗見者謝二侯

承足下還来帖

山谷云是永師書之不臧者邢子愿謂末三字是釋智果

雪候帖釋文

雪候既不已寒甚盛冬至可苦患足下亦當不堪之轉復知問

知遠帖釋文

知遠比當造江遲見此子真以日為歲足下當審問旨令吾

荀侯帖

米元章以此帖為偽作姜白石云書體不古恐是唐人信手所臨

知君帖釋文

知君當有分住者念處窮毒而復分乖當可居情想揆理斷當

旦反帖釋文

旦反想至所苦晚善不耿耿僕脚中不堪沈陰重痛不可言不知何以治之憂深力不具

極知無可將接帖

大觀於名上加一王字必是誤入帖内明云諸兄弟安得有王字耶

近脩小園帖

僕近脩小園帖元章以為是子敬書黄長睿謂後十二行乃子

敬書其首三行乃唐人書耳余謂長睿之鑒極當王虛舟乃盡詆之則所鑒大謬矣惟以後十二行當分為兩帖者則其説自是

得遠嘉興書帖

遠乃王氏子之小名此卷内三見正是一人耳得遠嘉興書知遠比當造江遠婦疾猶爾三帖是也王虛舟以知遠為弘遠誤矣又執弘遠為王粹則彌誤也

淳化閣法帖八不審定何日帖釋文

不審定何日當北遇信復白遲承後問

運民帖釋文

運民不可得而要當得甚慮叛散　似當連下項為此足勞人意七字為一帖

八日帖釋文

八日羲之頓首多日不知君問得一昨書知君安善為慰僕比小差而疲劇昨若邪觀望乃苦輿上隱痛前後未有此也然一日一昔勞復不極以此為慰耳力不

大熱帖釋文

便大熱足下晚可耳甚患此熱力不具王羲之白

吾唯辦帖釋文

吾唯辦　便去無復日也諸懷不可言知彼人已還吾此猶有小小往来不欲来者其墅近當往就之耳不大思其方不見可久理而任之者悠然此可歎息

得西問帖釋文

得西問無他想彼人土平安此粗佳玄度来數日為慰

中郎女帖釋文

中郎女頗有所向不今時婚對自不可復得僕往意君頗論不大都此亦當在君耶

㾖瘽帖釋文

㾖瘽比日疾患欲無賴未面邑邑反不具王羲之白

得書帖釋文

得書知問腫不差乏氣匆匆面近

足下各如常帖釋文

足下各如常昨還殊頓胷中淡悶干嘔轉劇食不可強疾高難
下治乃甚憂之力不具

長睿謂淡即俗用痰字乾通作干

此帖明時在王鳳洲家不知今世尚存否

狼毒帖釋文

須狼毒市求不可得足下或有　兩停須故示

夜来腹痛帖釋文

得書知問吾夜来腹痛不堪見卿甚恨想行復来脩齡来經日

今在上虞月末當去重熙旦便西與别不可言不知安所在未審時意云何甚令人耿耿

闊轉久帖釋文

闊轉久勞想豈舍知足下常同之卒未近緣如何足下數令知問

丘令帖釋文

丘令送此宅圖云可得卅畝爾者為佳可與水丘共行視住者決便當取問其賈

昨故遣書帖釋文

羲之白昨故遣書當不相遇知君還喜慰足下時行想今善除猶耿耿僕時行以十一日而不除如 日便成委頓今日猶當小勝不知能轉佳不積不差劣劣力還不具王羲之白

先生帖釋文

先生適書亦小小不能佳大都可耳

不悉雨快帖釋文

三月十六日羲之白一昨書不悉雨快君可不万石轉差也矣

得力不不得後問懸挹不去懷君云當有旨信遲望其至僕劣

劣故遣不具還具示

適欲遣書帖釋文

適欲遣書　得示知足下得凉以爲佳甚慰知多疾患念勞心

吾故不欲食錢以爲事恐不可久　思面行故果之

首行當是遣書去四行當是邑邑思面古帖墨昏鉤勒轉失之

耳

淳化閣法帖九

大令與郗氏離婚尚主在簡文之世大令卒於孝武太元十二年年四十五逆計前十五年當簡文時然則此卷首一帖及後奉對帖皆年廿六七時書

授衣帖

思戀帖州將若比還京必視之亦當是言方回徐州治在京口也

令外甥帖

令外甥帖言郗新婦當是離婚前書子敬最少時之筆也

淳化閣法帖十

王氏世奉五斗米道右軍官奴小女帖所云先生必是米道之師大令官前逼遣足下帖疑與孫泰泰亦郎邪人與王氏鄉里時王珣奏徙之廣州而大令猶以舊交與通書耳所云兄子者殆即是孫恩耶

消息帖釋文

消息亦不可不恒精以經心向秋冷疾下亦應防也獻之下斷来恒患溫項痛復小爾耳

聖母帖釋文

聖母心俞至言世疾氷釋遂奉上清之教旋登列聖之位仙階崇者靈感遠豐功邁者神應速乃有真人劉君擁節秉麟降于庭内劉君名綱貴真也以聖母道應寶籙才合上仙授之秘符餌以珍藥遂神儀爽變膚骼纖妍脱異俗流鄙遠塵愛杜顧初愈責我婦禮聖母脩然不經聽慮久之成訟至于幽圄拘同羑里倏　霓裳仙駕降空御雲臨户顧召二女躡虛同升旭日初照聳身直上旌幢彩煥輝耀莫倫異樂殊香没空方息康帝以

為中興之瑞詔於其所置仙宫觀慶殊祥也因號曰東陵聖母家本廣陵仙于東土曰東陵焉二女從升曰聖母焉遂宇既崇真儀麗設遠近歸赴傾帀江淮水旱札瘥無不禱請神貺昭荅人用大康姦盜之徒或未引咎則有青禽翔其廬上靈徵既降罪必斯獲閭井之間無隱慝焉自晉暨隨年將三百都鄙精奉車徒奔屬及煬帝東遷運終多忌苛禁道侶玄元　九聖丕承慕揚至道真宫秘府罔不　建况靈盼可訊道化在人雖蕪翳荒郊而奠禱雲集棟宇未復耆艾銜悲誰其興之粤因碩德從

叔父淮南節度觀察使禮部尚書　監軍使太原郭公道冠方隅勲崇南服淮沂既蒸託此字尚未定蓋上下文脫作而不朽存乎頌聲

貞元九年歲在癸酉己月　此不知何人之書其前後文皆脫去後人妄指為懷素耳吾疑其題款貞元九年云云亦偽作也貞元時監軍用宦官而無監軍使之名此不知何時之制據其文似與節度使各一人而偽作懷素者抉去其名蓋以其稱從叔父就其名恐人易推知本作書之人耳在書者初非作偽而為作偽者掩其名良為可恨陳氏玉煙堂帖已不能辨以為

懷素余謂世有精鑒必能知其非真而惜宋以来未有為辨正
者

此文款識鈌脱何以知為藏真書豈宋時尚見舊款耶吾謂此草書精熟亦有筆力然氣韻近俗非懷素筆縱舊款以為懷素亦必黄冠偽作如破邪論乃僧徒偽虞永興耳文壽承釋自叙不釋此文殆能辨其偽者吾聊釋之而論其非真以待精鑒

廟堂碑

前人固賤重刻本然在今日如此本已為難得後人得者尚宜

寶愛之虞世南男為匠千古每同斯慨臨池之助何必在吾子孫哉甲辰六月廿七日酷熱中漫題

附王禹卿跋

此宋時重刻之本永興面目存什一而已又有武城本亦係重刻與此刻互有短長合而觀之可以仿佛貞觀風流也此猶是明時拓本惜抱軒主人藏弆之以為子若孫臨池之助可耳丹徒王文治衰并記

章懷太子後漢孔僖傳注云貞觀十一年封夫子裔孫德倫為

褒聖侯倫見今存而此碑乃言德倫之封乃武德九年太宗甫受内禪時事此碑之建當在貞觀十一年之前然則章懷之言必誤矣以同時目對之人紀事而有不可据者如此致史不亦難乎

宋時人列銜多謬如永興乃軍鎮之名京兆尹乃守地治民之職宋時固有以軍名爲地名者此州郡下之軍無州名者也若京兆之永興軍則節度使已裁則軍鎮之名當從而去安得下循州軍之例稱爲知永興軍乎惟此王彦超列銜永興管内觀

察處置等使斯為名正後省之曰知永興軍則誤矣

吾此記誤彥超在　乃太祖時其時為永興節度使者乃帝

第　遥領故稱節度管內節度未嘗裁去及太宗淳化年內

重進為永興節度猶身赴長安但權任輕於五代時耳

笪江上書

昔聞王禹卿論書以笪重光為國朝第一固未敢信其必然要

其超逸之氣實為可愛此卷樂志論尤其得意書後臨思翁小

幅便真是董西是其後裔所寶藏百餘年乃為余得殊以自喜

後百年不知當屬何人尚知貴也嘉慶丁卯十一月八日惜翁

三老詩

余少與方君天民同學讀書其時里中方待廬先生張彌宸先生皆號能詩天民年少即工詩兩先生每呼令唱酬聯句其後兩先生歿天民老歸故鄉年七十矣而張君菉園及家叔落花翁在里亦皆及七十皆詩豪也相從唱和甚數天民作三老之詩兩翁繼和方其共飲酒高咏之樂浩乎芒乎不知古三老俾人君執爵於席前之為尊與今者木瓢瓦盆之為陋亦不知歲

月遷流而此身之已老也以其卷示余余讀之既取其趣又快三老才力不啻少壯益欣然以喜顧念鄉里近者才儁漸稀意欲更求少俊俾從此三老共遊如天民疇昔少年之事庶前後風流久而勿墜不然日月奄逾後賢遠隔追想三老之清風高韵邈不可尋不亦惜乎嘉慶四年冬十二月十七日姚鼐跋尾

五七言近體詩鈔

批注圈點照硃筆增入增入之注要雙行細看所應附之句不可舛誤雜亂其已鉤刪之詩則併批注圈點不入刻矣題上有

一圈二圈三圈去之勿刻本内無而須增者　二詩照抄

本添入

唐賢三昧集

雲居道膺禪師云如人将三貫錢買一隻獵犬只解尋得有蹤跡有氣息底忽遇羚羊掛角莫道蹤跡氣息也無

闞百詩嘗譏三昧集多誤字駁正數處若東南御亭上明當渡京水是也鼐復校改可七八字然恐尚有訛舛不及正者

德馨祠紀事

右德馨祠紀事册係伯父嘉湖觀察在任時所抄本有兩部一存房長處一存杭州奉祠生處今存房長之本不知何時遺失賴杭州之本尚存祠生嘗携以入都鼐與諸兄始見之題詩其末又閱數十年今祠宇頹壞公議使五瑞往脩理之五瑞竣工之後又訪得此本因亟持歸重加裝裱并以五瑞在祠内所刊紀事石搨本裱於册後此册永存管公事處每交賬時公取敬閱庶永無遺失矣嘉慶八年九月廿日鼐識

附題德馨祠紀事詩

先人蒞政浙江潮故廟湖山鎖寂寥到處歲時悲父老至今
松竹護蘇樵百年長吏存遺澤異代名臣祀聖朝何日南遊
拜遺像燕闕涕淚獨迢遥乾隆二十三年正月十七日七世
孫鼐敬題

江七峰詩卷

觀賢之才極美之才也其佳處居然能入古人而劣處遂不免
俗惡此由學識不足以濟其才之故也大抵學古人在得其神
理不可襲其面目李杜詩不得其神理殊成粗率今亦無他法

但熟讀之必求得其解而已又須觀後賢所以學前賢之法如學杜者莫善於昌黎昌黎豈遂偷杜一字一句乎學李者莫善於東坡東坡豈遂肯用噫吁戲等調乎學杜但貴得雄渾處沈著處兀傲不測處學李但貴得其豪縱處脱洒自在處飄逸處然又須將我之性情識解學問運入當其下筆若不知有李杜然兹乃妙矣如賢之才可以上希前哲慎勿以流俗自隘努力為之誠將舊病盡去更闢新境老夫便欲放汝出一頭地矣

贈瀟灑翁

卜宅面清江鳩杖春風長閲世　讀書敦素業蚌胎明月足傳家　瀟灑翁少嘗讀書吾邑嘗為余言其同筆研儔輩皆余故知然越今喪亡盡矣獨翁年逾七十而體健如兒時又有儁子此必天所佑也臂痛廢書為勉作此聯贈之乾隆甲辰十一月冬至日桐城惜抱居士姚鼐題

晋有乘孟子以與魯春秋楚檮杌並稱而後世不見使其得傳縱不敢望孔子之春秋豈出左傳戰國策諸書下哉近世録史家者正史之外有雜史傳記地理之目朕考漢晋隋唐藝文之

目其存于今者十不及一焉典籍文記易泯難留誠好古者所
深歎惜也合河康茂園先生蒐輯山西一省山川疆圉人物前
人所紀又以意論斷其得失誠史氏所當知而不可聽其泯没
者凡為若干卷取古晉乘以名之先生之才足任史事固無愧
左氏之流而其為此書乃當耄耋之年孜孜于譔述君子之
棄日如此豈非衛武懿詩之志乎　少嘗有意紀述之事
無成先生年長于　而卒就此書以存數千里疆土中數千
年之掌故今以書來令為之序　固為歎服先生用志之美而

亦俯而增媿非徒蒲柳之衰亦志氣之隋也已嘉慶庚午中秋

日桐城姚[illegible]誤

歸熙甫之才氣筆力不能及唐宋韓歐諸賢而以與之配者得文家之真脈不襲其貌而神理上通周秦故才不必大可貴亦猶董思翁之於書世或欲以子昂駕思白夫何異宋金華之流駕之熙甫者乎

歐陽率更書其用筆似側而正似破而圓其取勢似背而向似其用意似厲而和故昔人謂其書為險絕譬如危巖滑石秋豪

之徑措步如康莊肰非有伯昏無人之氣未有不碎首折臂者也後之學李更者如文待詔是粗能學步擬之於康莊終不敢履險者也王翁林則強欲履險而不免於碎首折臂矣

姚惜抱先生送劉孟塗之父聯語

閭里健提携每話舊遊人大父
階庭真植玉晶欣新製已諸生

廟堂碑

玄覽不極應物如下補十七字響辨飛龜於石函驗集隼於金櫝觸舟既曉　敢陳舞詠迺作銘云下補景緯成象川嶽成形挺生　邈馬高軌三下補八字川削羽六國從横鶡　禮容斯盛下補八字有晋崩離維傾柱折　修文繼絕期之會下補八

字昌大唐撫運率繇王道　繼聖崇儒（下補十字缺損一字）載修輪奐　堂弘敞經肆帝德（下補六字）儒風永宣金石　興軍節度（興字上補九字）推誠奉義翊戴功臣永

不獲見者數十年矣但遙相念也頃聞　鳧舄莅豫中正陽甚喜甚喜軍興未寧之時想　撫字情殷亦良勞矣（鼐）頻年皆在鍾山書院今歲移在（徽）郡敬敷書院取其近家也跡七十之老翁白髮脫欲盡而齒尚未落腰膝猶健執筆猶能作此書三子皆娶下有兩孫此可以告之　故人以俾　意者耳有　姪名

儲字貯芸諸生今秋闈被屈来河南覓館其才可以授徒亦可以辦書稟號件徵比諸務如　蓮幕正在須人可以令伊棲託則大善矣設　署中已滿亦望　廣為吹薦揔令寒士得所則為荷賜矣至鼐　近況之詳　詢之可以盡悉入冬　惟

珍重千萬不具

桐城友生姚鼐頓首十月初二日冲

姚惜翁閣貼跋尾

一卷

姚惜翁閣貼跋尾

《姚惜翁閣帖跋尾》一卷，清姚鼐稿本。一册，經摺裝。半開六行或七行不等，小字雙行，行字不等。無邊欄。開本高二十五點二厘米，寬十三點八厘米。封面書名下題『後學袁勵準署耑戊午秋日』。每葉均有鈐印。末有民國二十四年（一九三五）李國松手書跋文。有藍色布製書套，套底題『姚惜翁閣帖跋尾　若木屬　珏生』，旁鈐『珏生』小印。

北宋淳化三年（九九二），宋太宗出内府所藏歷代名人法書，命翰林侍書王著編次摹刻，匣爲十卷，每卷卷末刻篆書『淳化三年壬辰歲十一月六日奉聖旨摹勒上石』，是爲《淳化閣帖》，又稱《淳化秘閣法帖》，簡稱《閣帖》。《淳化閣帖》是目前傳世最早的官刻叢帖，號稱『法帖之祖』，宋初原拓之本存世極罕，因帖石早佚，後世摹刻翻刻甚繁。本書收録姚鼐閲覽明初泉州刻《淳化閣帖》時所作考證性題跋十九條，其中兩條末有日期，一題『嘉慶丙寅八月朔』，一題『丁卯八月廿八日』。

李國松跋云：『右姚姬傳先生自書閣帖題跋一册，凡十九段。以世傳刊本《惜抱軒法帖題跋》校之，文字間有異同，而丙寅八月朔、丁卯八月廿八日兩跋及弟七至十二與弟十四、十五、十九諸條，則皆刊本之所無也。往於桐城故家見舊本閣帖全部，有張蚪御太守（元輅）朱筆迻録先生題跋累萬數千言。張故先生甥也，又從受學，其書傴肖先生，其所録亦多出刊本三卷之外。蓋先生生平於閣帖用力至勤，探研所得，輒隨時筆識帖中，成書後續有記者，故非刊本所能盡耳。自來論閣帖者多矣，至先生而益備，蓋非特考訂精也，其推究書理、抉奥發微，實有度越前賢之處。觀其與門人陳碩士侍郎及蚪御書，亦頗用此自喜。而當時見者率以考據稱之。學問之事，入之深，則知之者希，又豈獨書道爲然哉！張氏録本，吾嘗假觀，竭旬日之力，手臨一過。辛亥亂後失之，時往來於懷不能釋也。兹册視張録雖不逮什一，而中多刊本所未載，且出自先生晚年之筆，故尤可珍。若木幸善守之，倘能付諸景印，以廣其傳者，亦藝林一快事矣。乙亥冬十月朔李國松書於舊京粉子胡同寓舍。』

蒯壽樞，字若木，安徽合肥人，清末進士蒯光典之子。袁勵準（一八七五—一九三六），字珏生，河北宛平人，光緒二十四年（一八九八）進士。可知本書原歸蒯壽樞收藏，封面題簽之『戊午』是民國七年（一九一八）。上文著録的《惜抱軒題跋》中亦收録《淳化閣法帖》十篇，蓋分別對應閣帖内文十卷，每篇有考證或釋文數條至十數條不等，内容遠較本書爲多，其中與本書重複者九條，其餘十條則爲該書所未收。

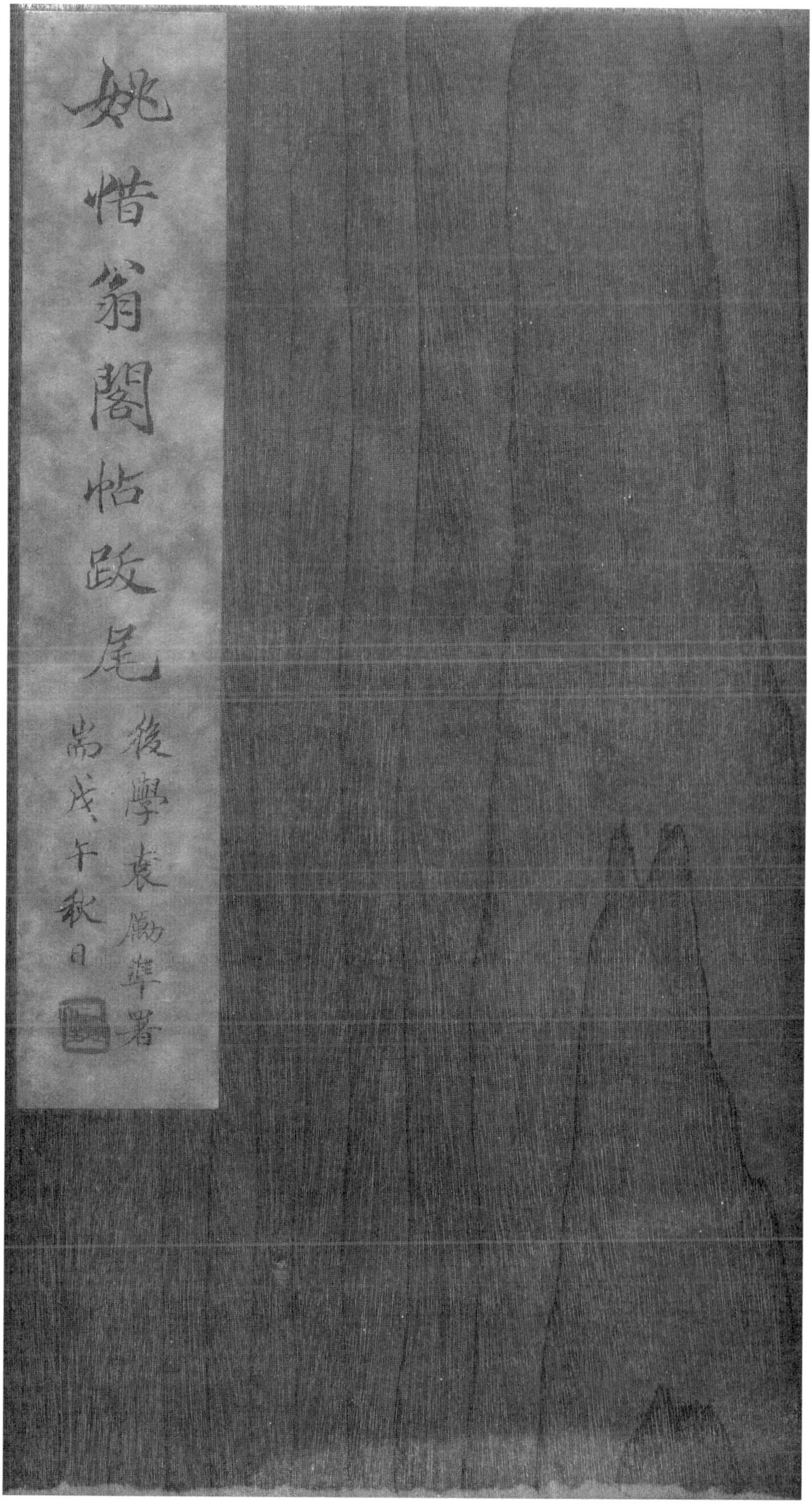
姚惜翁閣帖跋尾
後學袁勵準署
歲戊午秋日

曹士冕法帖譜系言紹興中以御府所藏淳化舊帖刻板置國子監首尾與淳化閣本略無少異字畫精神極有可觀碑工往往作蟬翼本今此帖蟬翼摹拓甚精疑即紹興國子監本也祖帖豈易可遇遇若此蓋祖帖僅次殆可匹潭絳者亦良可寶矣嘉慶丙寅八月朔惜翁

卷內有晉武帝書有東晉武帝書大觀併後於
前皆作武帝炎書吾謂當併前於後皆孝武
帝昌明書也前一帖與吏部官者後一帖以譙王
尊屬有公書卿私書君之議乃有關禮制者王
虛舟執譙王遜在武帝時以大觀爲得曾不考
譙王傳國直逮義熙豈稱譙王必是遜乎前

帖所云知免下者臺閣近臣其日適免直而下歸也王釋既下亦非余舊記譙王无忌非也孝武時譙王乃恬之无忌子孝武伯叔父行哀帝一帖當是王丞相長子長豫病時其府吏與丞相啓故列死罪郎君等稱以其名卒遂妄附之哀帝計長豫之死哀帝尚未生也

頃得明吳之芳茂倩所撰釋文考異所載泉本石
裂損處一二與此本符合然則此為泉本無疑
但泉本有二一洪武四年泉州知府常性所摹
刻一曰閣帖十卷宋季南狩遺於泉州石湮地
中久之時出光怪櫶馬驚怖發之得石帖泉人
名其帖馬蹄真跡此本未知是常性所摹耶
抑是宋摹入明為馬蹄帖耶
丁卯八月廿八日惜翁

漢人草書止有章草之體趙壹非草書所謂史書相
與猶謂就書云適迫遽故不及草草本易而速今反
難而遲故伯英號為忽忽不暇艸書與正如趙壹之所
譏也至晉漸趨疾速乃有二王之體與崔張之體愈別
亦由〔猶〕晉真書之非漢隸體矣王著都不辨此妄列崔
張之書誠為大謬而米元章執知汝殊愁等帖為張長
史則亦非也惟姜白石斷為子敬書斯為精識矣

知汝殊愁至就理爲一帖一昨下至末爲一帖吾疑皆子敬與
王珣者也冠軍當是王氏羣從子敬帖中屢見而不可
考爲誰王氏喜講佛經世說載法護僧彌共於宅講阿毗
曇心經此帖言講竟不竟即其類言講竟不得終盡爲可
恨事欲珣之還當更經理之後帖以東亭常居吳故問其遊
虎郎祖希者張玄之字代子敬爲吳興郡者又與珣珉
交善也子敬作此書似甫解吳興之任而未發故與祖希

時面由吳興入都必過吳故云還復共集散也左軍即謂凝之孫若誤聽殆嫌其信米道之妄說乎此帖真本在宋祕府故淳化之誤得大觀改之處字之分斷耳字之截短前人已辨之矣若誤聽誤字上口兩筆草為一筆則不復可讀大觀改正尤為善也

惜翁

王允之父舒喪除義興太守以憂哀不拜從伯導勸之允之固不肯就今此卷內王丞相前一帖亦勸人奪情者或即與允之耶

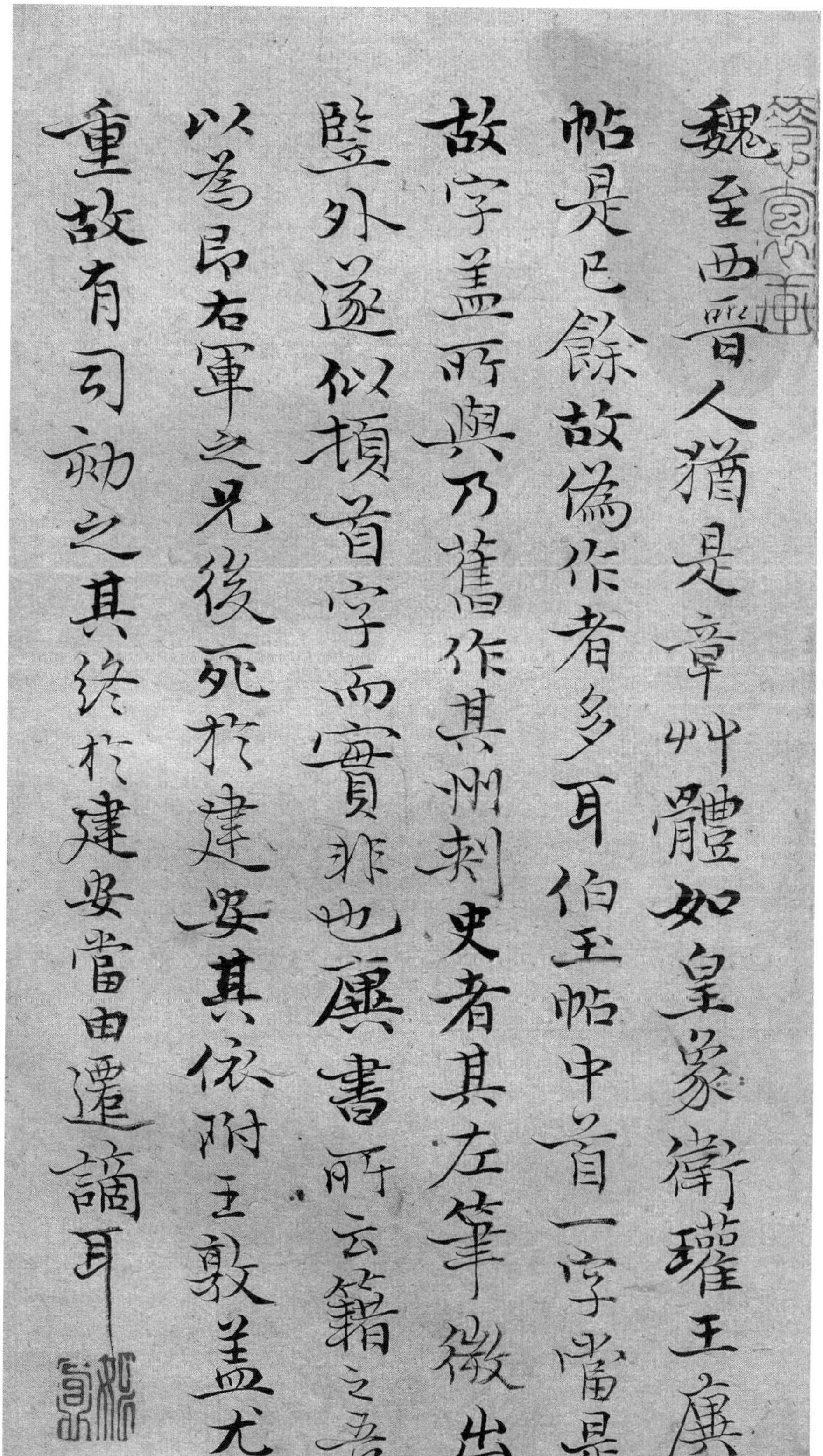

魏至西晉人猶是章艸體，如皇象、衛瓘、王廙帖是已，餘故僞作者多耳。伯玉帖中首一字當是故字，蓋所與乃舊作其州刺史者，其左筆微出豎外，遂似頓首字，而實非也。廙書所云籍之，吾以爲昂右軍之兄，後死於建安。其依附王敦蓋尤重，故有司劾之，其終於建安，當由遷謫耳。

謝朗等謝万兄子也万與書自稱父宋王球語
兄子履曰阿父在汝何憂其稱同此
侍中在唐宋為門中下極貴之官在魏晉南
朝官非極貴但親近耳正直四人其公卿以之
為加官非正職也王著以唐宋之制類之於古人
是以於王廙杜預等率其題侍中蓋不達古

令之制異耳

黃長睿謂此卷僞帖過半自庾翼後一帖沈嘉杜預後一帖
王脩劉超司馬攸劉穆之劉瓌王劭紀瞻王廞張翼陸雲
山濤下盡十五家皆一手書余備員祕閣見一書函中盡此一手
帖以澄心堂紙寫每卷題云倣書第幾於此卷僞帖及他卷
所有僞帖皆在焉蓋南唐人聊取古人詞語自書之爾
王著輩不悟其非但採名雜載真帖間可勝歎哉鼐按
長睿所嗤倣書之謬誠當但既云倣書亦必是臨摹徵

有所本非取古語書之也

謝莊宋人而列晉大觀已改正其書末題左僕射謝希逸仕宋文帝孝武帝之世文帝時王敬宏孟顗何尚之為左僕射名單甚前希逸與書不得自稱弟也孝武時左僕射有建平王宏劉遵考褚湛之劉延孫推希逸之氣類此書其與褚湛之乎

惜翁

此卷首王筠書當是僞作其云和南者是與僧書也按古人於時節哀思父母故與弟兄族屬述其哀慕言兩情略同也豈所施於僧徒哉此作僞者見古帖多有是語而移合於與二氏之書則甚不通矣恐是李懷琳所作衛夫人書之類耳

惜翁

沈休文一帖自宋以来釋者皆謬至吾乃辨之
陳朝陳逵吾斷謂別是一人非晉之陳林道及宣
和書譜言逵草字飄發不滯有羲獻之風按
林道正如於與逸少同時安可云羲獻風耶是
亦明謂非晉之陳逵矣

褚河南潭府帖古勁有韵何嘗不佳以當時無薛姓
侍中侶長睿之疑王虛舟併試其字為惡道此列子所云
竊鈇之疑也唐人於官職家多俗稱〻黃門侍郎曰
侍中乃猶其有理者耳此確為褚公書夫何疑焉

北齊文宣后李氏其子紹德至閤不見愠曰姊姊腹
大是稱母姊姊者以俗也誠懸伏審姊姊帖乃沿其
俗尔文皇詔哥哥勅者自於太子稱之是當時
稱父哥哥也

薄紹之與羊欣同時大觀周已跋題宋給事中矣本帖智果書之評內即有之不知何以猶誤稱唐人也

王儀同兩帖當是其作丹楊尹時所啓故及
二帖雜事與統內新故米也若寶章集一帖
為人乞江郢小郡恐是為吏部尚書或為僕
射時事乃在宋代未入齊之書

右姚姬傳先生自書閣帖題跋一冊凡十九段以世傳刊本惜抱軒法帖題跋校之文字間有異同而丙寅八月朔丁卯八月廿八日兩跋及第七至十二与第十四十五十九諸條則皆刊本之所無也往於桐城故家見舊本閣帖全部有張蚪御太守元輅朱筆逐錄先生題跋累萬數千言張故先生甥也又從受學其書佰肖先生其所錄亦多出槧本三卷之外

盖先生平於閣帖用力至勤探研所得輒隨時筆識帖中成書後續有記者故非刊本所能盡耳自来論閣帖者多矣玉先生而益備盖非特攷訂精也其推究書理抉奥發微實有度越前賢之處觀其與門人陳碩士侍郎及蚪御書亦頗用此自喜而當時見者率以考据稱之學向之事入之深則知之者希又豈獨書道為然哉張

氏錄本吾嘗叚觀竭旬日之力手臨一過辛亥亂後失之時往来於懷不能釋也玆冊視張錄雖不逮什一而中多槧本所未載且出自先生晚年之筆故尤可珍若木幸善守之倘能付諸景印以廣其傳者亦藝林一快事矣乙亥冬十月朔李國松書於舊京粉子胡同寓舍

惜抱軒尺牘補遺

一卷

惜抱軒尺牘補遺

《惜抱軒尺牘補遺》一卷，清鈔本。一册。半葉七行，行十九字，無框格。開本高二十一點九厘米，寬十四厘米。

全書以工整楷書抄成，收《與吴殿麟》書信九篇。書末題『固始張氏鏡菡榭藏真，張瑋校刊』。經對校《惜抱軒遺書》之尺牘補編，似未見此數篇。

惜抱軒尺牘補遺

一八

惜抱先生尺牘補遺

與吳殿麟

去臘之杪承惠手書茲夏始見不知何以淹閣也即日吾兄所處何地動靜佳不鼐自舊夏主敬敷書院今擕馬甥及衡兒在此狀粗平安但日漸衰孰如下坂輪耳此間苦無足與言者安得與殿麟竟日按對讀來書亦正有此憾誠可歎也兩年來

作經說可十卷抄寄甚不易纂無便刻之其間豈敢謂為盡善然必有一半足裨經學者今力尚未辦刻耳果刻當奉寄也聞多作時文亦自佳時文之體非陋為之者自陋耳若以文體言如相如封禪子雲解嘲其體何嘗不陋哉但以其文便足傳耳詩不甚作間隨筆書之在此間有四絕句聊以寄閲頗具居此情況取足慰故人之相思也金五

先生已入都抑尚在里中其近狀何似必多著作
矣海峯先生於四月十日出厝陳家洲竟未得葬
其嗣孫乃漸能循謹此為佳耳聞子潁運使兩目
皆瞽萬事無常良可歎息承欲鼐文稿今寄三部
適見來書便作此復此間亦乏便人未卜何時何
人當為鼐達耳五月十九日

又

連得兩書具審安善為慰讀所示諸文極多精當
之論且言有益於倫理真可謂好學深思君子之
用心矣大抵說經之文止期明暢雖古人亦不能
別出奇怪極文詞之妙尊作所不及古人者微覺
繁冗然其大體得之矣所作三序文亦俱雅飭其
書俱未讀不敢妄論然此三書皆朱子所已註之
書也豈此三書外更無當註之書而惟此三書必

賴先生之論說而後當乎然則其言雖不顯然攻
朱子而安得不謂與朱子為難乎鼐謂如大學一
書如朱子改本誠不可謂必得古人之舊然未嘗
不合古人之理何也當周時博文為教致知格物
之事易明故大學中不須詳言之至後世則古之
博學詳說之法紛亂於雜學者多矣故大學補傳
所云為天下後世不可少之言矣不必論果為古

本有而後之缺抑否也至於儒者之文惟孔孟及孔門文學之賢序次有法若其餘如孝經大學之類但言義理不論文法必欲繩貫而墨束之必不可得凡為大學古本說者皆是以己說强附而曲合轉不若姑依朱子之說以為足以善世可矣而何必更多為之紛紜哉愚見如此惟教之

又

十月八日姚鼐頓首殿麟大兄承手書及寄文並至得知近狀佳好為慰吾輩為學固不希人知也慎勿以不見知為憾雖舉世無知我者猶將尚友古人不為德孤況海內未嘗無數子乎家居讀易甚善然鼐謂學易止以程朱為法若苦求聖人取象之故其為事勞而無功假令後人盡得文王周公當日取象之故其於聖人以易教人制行立身

之意正不相涉況其故必不可求而通耶為漢學
者於詩禮猶有可言於易則彌陋矣鼐恃相知之
深於大作遂妄加塗抹竊謂兄學識有餘而才不
足故為文思甚深而失之滯辭甚潔而失之枯更
用力去此二病則全善矣鼐經說時增時減今可
十一二卷然未知內有一半足為學者定說否也自存
一本不欲遽離又乏人抄錄副本故無以相寄冬

寒。惟保重不宣。鼐頓首

又

適得手書，具審近好為快。所言處事之宜和介，無倚。良所欣服。至鼐賤辰，方自恨犬馬之齒衰，而道誼無以自立，學植反就頽墮，所冀四海知交，不鄙我而教我，則為幸矣。吾兄乃賁之揄揚之辭，美則美矣，於愚衷能無愧乎。又貺以法帖筆硯之賜，非

心所安然雅誼亦不敢辭惟增惶悚耳鼐十月半
後擬便歸去今歲當無由相見矣明歲或猶當接
晤耳陳碩士此月來住十餘日其詩文頗進似當
為後來之秀前日始回姑熟其所選史記今付來
使携回望檢收鼐臂痛已愈而八月踣地傷脚今
杖而行猶未大痊此是衰態亦無可如何矣衡兒
前月去皖應歲考卻遲到一日乃補考附三等今

歸里矣。觀兒尚在此，將十月從歸也。寒初惟保重
千萬。率候，併謝不具。

又

去臘承與一書，纍於此月内在皖中接得，略知動
靜之槩。不審入今年後何似，已得館否，甚念念。所
欲售書畫寶石，此間必無能買之人。旌德之朱不通
消息者四五年，彼係俗人，無從語之也。度此等求

售非攜至蘇州揚州未有益耳賤狀今尚平安衡
皃今年亦辭卻淮安之館同來此矣數年來文字
亦增得數篇惜不能抄寄請教安得披襟更一快
談
乎久雨春寒不解歛中亦然不幸慎重千萬不具
文

得五月朔日惠書具審近祉欣慰欣慰至正月末
一函見賜者則至今未得也周易果有成書自為

盛事。明年杖履攜世兄來江寧，想可攜此書來，俾一讀。手鼐經書説旌德朱生已爲刻出，而板尚未寄到，故尚未能印呈也。衡兒今歲留里中，未來從居此者兩幼子耳。鮑君誌文當遵教增數字。餘不具。

又

兩得手書，具審近祉佳勝，爲慰。鼐生平所作文字不知果足以待後世與否，然區區愚心則欲以聽後賢之自爲論定，不顧於今日假世君子言以爲重，故絶不求人爲之作序。吾兄乃自以己意爲之序，甚荷甚荷。然而非愚心所欲。若以引冠鄙著之首，則終所不爲也。謝謝。尊詩文已付貴同年矣，所須課讀文，今寄上，餘不具。

又

秋熱殊可畏。未審近日起居安否何似，復何所著作耶。鼐七月内病痢下數日。今已大愈。然衰罷甚，不能讀書也。承索鼐時文。前已令小兒寄呈。當已至耶。衡兒於七月令其歸里。鼐携幼子於九月末亦歸矣。見蘗中先生乞道相念。兹畧報併候不具。

又

鼐今年因體中小不適。亦會學使按臨在郡。故赴學甚遲。頃始來懷寧。乃獲讀去歲先生見與一書。略知動定。入今歲來想當勝耶。鼎愈衰憊。殆終日飽食無為而已。又此間絕無可語者。使人悶極。衡兒以艱於費。今年未去會試。今只在家中。而亦不肯勤學。海內舊一輩人。死亡盡矣。新出者固必有儁異。但吾身不與遇耳。此甚可悵恨。想先生亦不免此歎耶。去歲奉寄書及大作。想已收到。朝夕惟

珍重千萬銀四兩奉為諸孫含飴之資幸存餘不
備悉

固始張氏鏡菡榭藏真
張〻瑋校刊

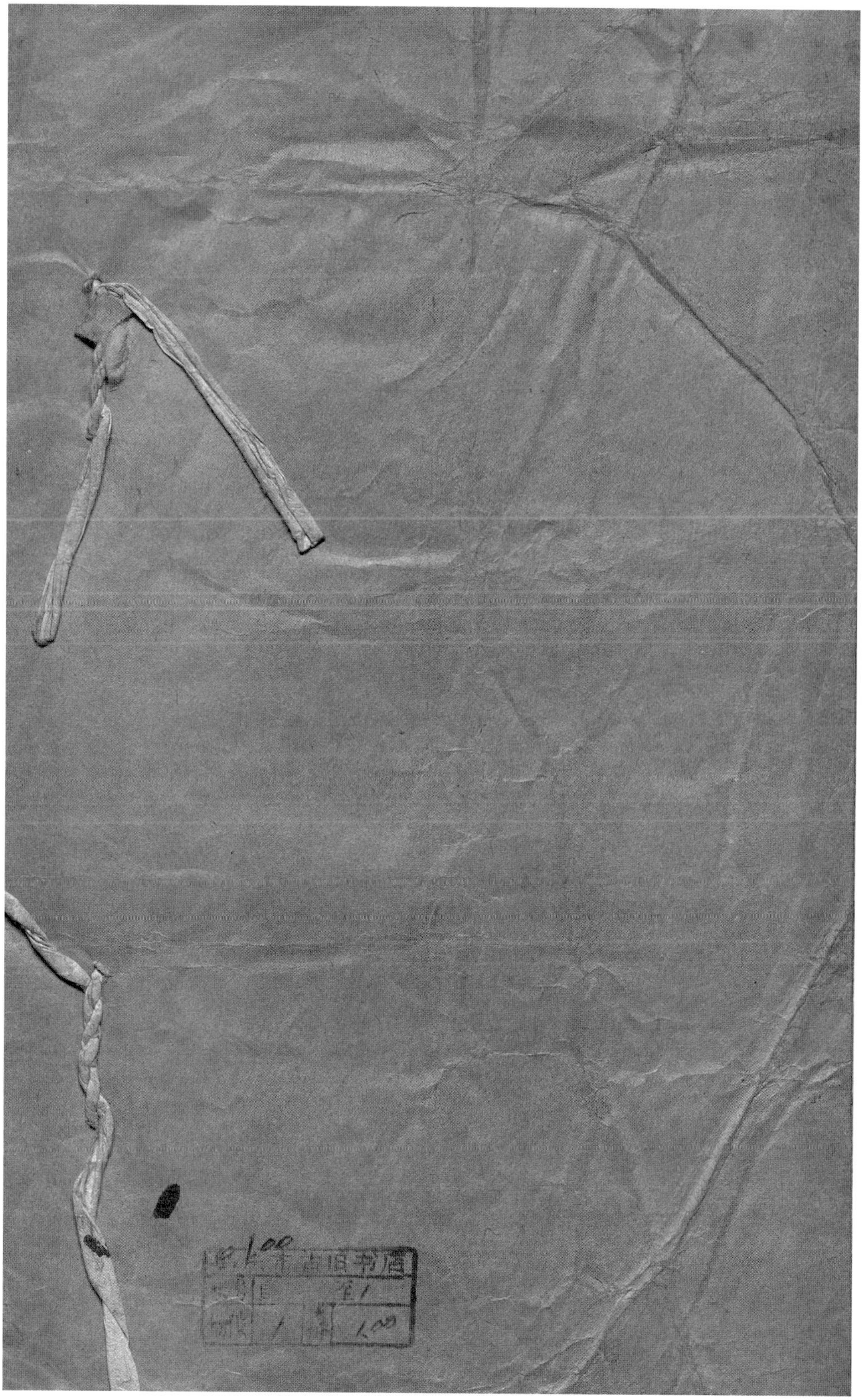
古旧书店